Suzanne-Marguerite RÉMOUIT

SIGNES DE CROIX

ET

CROISEMENT DE SIGNES

« Le sens des opérations »

Les Presses du Midi

Du même auteur aux Presses du Midi

Le livre des quatre sceaux

Impression PDM

121 avenue d'Orient - 83100 Toulon
Tel. : 04 94 16 90 20 - Fax : 04 94 16 90 29
Dépôt légal septembre 2001
ISBN : 2-87867-337-9

ASSAUTS

Les vagues vagissantes,
les vagues vigilantes,
la rage gémissant,
les vents sont agissants,
sanglotent en s'agrippant,
les vagues englouties,
s'émiettent toutes sanglantes,
jaillissent de la grotte,
jaillissent de leur puits,
en rejetant la cime,
en rejetant les mottes,
la terre est culbutée,
son socle est un cyclone,
colonne déployée,
son cycle est tourmenté,
les vagues qui s'éventent,
les vagues s'épouvantent,
les vagues sont ventouses,
et déployant leur force,
font éclater les gousses,
font éclater l'écorce.
Des voiles disparates,
cousus de longs fils blancs,
se cabrent en babillant,
s'habillent et s'ébattent,
les voiles sont vampires,
aspirent tous les pores,
ils craignent pour le pire,
ils craignent pour la peur,
car ils sont loin du port,
ils craignent de bleuir,

ils craignent de mourir,
se cabrent en bredouillant,
ne cherchent pas à nuire.
Les plans, ce sont des pinces,
des pions, des papillons,
les princes du galon,
des pinces et des poinçons,
des ponts de la pensée,
squelettes momifiés,
sculptant l'interjection,
de gaz ou de plomb,
les gonds eux-mêmes grincent,
les palmes qui abritent,
débitent dans le calme,
des troncs de malachite,
dessus la maison grise.
Voici de ces ramures,
les longues et vertes armures,
voici de ces armées,
les flèches et les épées,
la lance et le javelot,
les flèches dépêchées,
la lame des couteaux,
les eaux sont des octaves,
des chaînes détachées,
qui battent dans le grave,
ne savent que basculer,
des bases éloquentes,
des câbles bruts d'acier,
au fil de l'eau courante,
des bases trémoussantes,
voici, comme des œillets,
trempage de maillets,
sonnant, de gros marteaux,

frappant, comme des matraques,
au-dessus de blanches têtes,
roulées toutes en vrac,
récolte des caillots,
la mer, enfin est prête,
la mer, nous prend au mot,
à quoi, dans le cahot,
répond, en aboyant,
le triste et sombre orage,
il jette encore toutes chaudes,
les pièces englouties,
la mer en chahutant,
défait tous ses bagages,
rejette ses débris,
rejette ses lambeaux,
au comble de la rage,
et face à ses rivaux.

ESSAIM

Les cœurs sont des corolles,
parfois des coloriages,
les mains tournent les pages,
ou bien comme des coupoles,
construisent leurs barrages,
à force de symboles,
après les courses folles,
et sans le moindre trouble,
l'obole se dédouble,
malgré tous les orages,
les cœurs dans la tourmente,
orchestrent chaque temps,
de peu, ils sont contents,
les doutes et les désirs,
tombant comme gouttes de cire,
les plans sont en attente,
patientent même brûlants.
Les cœurs sont des essaims,
au fond de leur abside,
de mouvements liquides,
ourlant tout le bassin.
Les tiges de ce buis,
et l'eau de cette gourde,
les grâces ont un tremplin,
les grâces sont bénies,
les grâces sont absurdes,
elles tracent une voie rude.
Ils frappent leurs enclumes,
éclairent une colonne,
dispersent avec une plume,
pardonnent les colères,

ils tournent comme des clowns,
travaillent bien le fer,
les ailes sont hélices,
assises elles se blottissent,
en vol on les caresse,
si haut, elles se déguisent,
si faibles qu'elles gémissent,
elles tranchent et ne blessent,
rebelles, elles balisent,
s'habillent avec la bise,
s'obligent à se taire,
sont sûres ou indécises ?
Les cœurs ont des boussoles,
passerelles de l'école,
qui montrent un chemin,
du pain dans un pétrin,
la pâte se décolle,
le cœur a toujours faim,
cultive l'aromate,
le miel avec le thym,
en courtes plates-bandes,
il sème dans la hâte,
protège bien sa tente,
protège bien son sein.
Les cœurs sont des abîmes,
aspirent en synchronisme,
usés à coups de limes,
rarement, il y a un isthme,
de l'un à l'autre, une voie,
ils sont alors, bien trois.
Le cœur a ses dessins,
sa flamme et son galbe,
capable de brûler,
arrose toute braise,

abrite tout rosier,
qui pousse en ses fables,
le sang de chaque valve,
conduit et emmené.
Il trace ses sillons,
rouages minuscules,
musclant chaque sculpture,
miné par la raison,
miné par les usures.
Les cœurs sont les comètes,
fonçant sans réfléchir,
traversent par plaisir,
et partent à la conquête,
planètes et empires,
qui cèdent à leurs désirs,
les cœurs n'ont pas de tête,
les cœurs, ce sont des cubes,
carrés incorrigibles,
titubent comme des cibles,
et croulent sous les dettes,
des câbles que l'on tire,
des êtres qui s'affublent,
et sont sans mots pour « dire »,
les cœurs ce sont des timbres,
parfois des tombes à ceindre,
fleurir et embrasser,
ils blâment ou sont blasés,
les sons sont les asiles,
les sons avec leurs ailes,
frappant l'oreille d'ânes,
ils laissent des séquences,
ils laissent des séquelles,
en traversant les cils,
en traversant un ciel,

le cœur est parfois sage,
voltige ou volage,
parfois de haut voltage,
se prend dans les litiges,
silence volatile,
parfum assez subtil,
parfois c'est une image,
les cœurs sont rococos,
baroques bruits de mots,
les choses s'entrechoquent,
s'agitent dans les brocs,
répliquent même au repos,
munis de leurs raquettes,
renvoient la balle prête,
traqués, et retranchés,
ne peuvent se toucher,
tenter de s'épancher,
ils n'ouvrent pas la bouche,
les mouches peuvent voler.

CHUTES

Ils tournent tous le dos,
munis de leurs ciseaux,
ils taillent à coups de hache,
l'étoffe qui fait tache,
écartent, dégoûtants,
les touffes écarlates,
leur but : la destruction,
un acte sans sanction.
Voici que des mobiles,
adhèrent au ciment,
s'aidant de faux segments,
les feuilles se détachent,
qui tombent en s'égouttant,
les feuilles en se touchant,
le sol, se tache de sang.
Les sons sont les violons,
ils vont avidement,
tremper leurs doigts souffrants,
aux cordes, avec l'archet,
et marchent en sifflant,
les sons sont embryons,
les feuilles sont les tripes,
le ventre et les vaisseaux,
sanglotent en suintant,
par où tous les signaux,
percés de sens abstraits,
répètent en un flot,
se rompent en reflets.
Le vent est lui fléau,
arrache et fait gémir,
les pièces du procès.

Voici les innocents,
qui longent chaque plinthe,
les portes et les murs,
qu'enferme toute crainte,
la force les condamne,
obture les issues,
la force si obscure,
face au silence nu.
Et face aux puissances,
aveugles sépultures,
murées dans leur clôture,
ils disent qu'ils sont blancs,
ils disent qu'ils sont purs,
et ne sont jamais crus.
Voici qu'elles sont prêtes,
ces gerbes regroupées,
de mains qui ont prié,
ils guettent le ravin,
regardent un précipice,
attendent un devin,
aussi tous les sévices.
Voici la présomption,
la faute bien précise,
où sombrent les promesses,
où sombrent leurs projets,
l'indice est bien faible,
leurs flancs qui vont s'offrant,
leurs flancs qui vont s'ouvrir,
et bribes, bredouillant,
leurs lèvres suppliant,
assis dessus son banc,
le juge, lui, hésite,
cloisons de mots brillants,
jaillissent et méditent,

toutes seules en s'inscrivant,
les griffes des soupirs,
jaillies de leurs gargouilles,
les eaux se gonflent et grouillent,
se mouillent de maillons,
où vibrent en contorsions,
de gros et sourds poissons,
vêtus de leurs écailles,
malgré leur sombre armure,
ils tombent dans les failles,
ils tombent engloutis,
tissés dans un murmure,
percés par le poinçon,
ils passent sur le pont,
percés de lourds pincements,
tissés de chatoiements,
et payent leur dernier bond,
du prix d'un châtiment.

CROISEMENT DE SIGNE

Voici les blancs bœufs lents,
beuglant,
des cornes à la queue,
portant les mufles arrogants,
aux larges nœuds soyeux,
ils comptent à pas lents,
voici les naseaux sombres,
et leur haleine,
les gorges pleines de pénombre,
ils soufflent et peinent,
la plaque, le numéro,
la peau se plisse,
voici les lourds sabots,
les cuisses,
le poil qui se hérisse,
en une cuirasse,
recuite de terre fraîche,
que l'on chasse,
les mottes et la poussière,
les crottes,
qui mènent à la crèche,
la bêche et la hotte, le seau,
la haie taillée de longs ciseaux,
voici les courbes eaux,
et plates qui s'étalent,
l'étang au fond du val,
si pâle et mat.
Voici les plantes arrachées,
et les épines,
les ronces et les mûriers,
des cols et des collines.

Les murs, leurs alvéoles,
et les oiseaux y volent,
les murs, mais sans la ville,
bordés d'une herbe folle.
Bordés de tous ces yeux,
plantés comme des pieux,
plantés comme des piques,
leur frange esthétique,
leur frange est sans cieux.
Les murs, leurs alvéoles,
bordés de leurs épis,
leurs herbes aromatiques,
leurs flèches symétriques,
algèbre qui s'envole.
Les murs, mais sans la ville,
ses pièces qui isolent,
richesses si subtiles,
fontaines luxueuses,
gisement de phrases creuses,
la frange de plastique,
la phrase nébuleuse.
La ville est invalide,
La ville est violente,
visage si livide,
du fond de ses soupentes,
fontaines uniformes,
et le plafond blafard,
les pièces et les placards,
fontaines et plafonds,
faits de fumée en ceinturon,
sans place pour le hasard,
sans place pour un chardon,
où pointent bien des bornes.
Lovées dans leurs alcôves,

les âmes s'y étiolent,
pauvresses sur les ponts,
tombant sur les pavés,
tombant dans les rigoles.
Ses bières sont obscures,
en pile, sont les chairs,
matière bien peu claire,
ses bières que l'on bouche,
qu'entourent bien des mouches,
stériles et sans prière.
Ces boîtes artistiques,
ces boîtes solitaires,
ces sphères domestiques,
sans terre où reposer,
sont toutes étriquées.
Ils jouent dans leurs cachettes,
en place, à chaque étage,
ils jouent de leurs tracas,
ils jouent de leurs chaînettes,
ils jouent de leurs ménages,
ils jouent de leurs manettes,
ils jouent à la roulette,
au plus profond des cages,
leur tête et leur joie,
et creusent avec la bêche,
un lit sans chemin de croix.
Et puis les fainéants,
feignant de s'occuper,
fardant sous des projets,
le vide et le néant,
le vide exaspérant.
Nantis de leurs esclaves,
ils passent le pavé,
possèdent des enclaves,

et savent où reposer,
ils savent en quel caveau,
ils savent en quel enclos,
choisir le vrai sommeil,
leur cave est vermeille,
les vins y sont classés,
ils savent s'irriter,
et ont en héritage,
la phrase bien tournée,
le flair et la fierté.
La ville où les masures,
quartier entier de miettes,
grisaille des mâtures,
la ville des misères,
avide de médire,
avide de complaire,
avide de grisettes,
enquête et fait taire.
Les murs, leurs alvéoles,
et les oiseaux si sages,
aux ailes immaculées,
ils nichent avec délice,
leurs longues et larges hélices,
leurs douces et blanches images,
leurs fins et doux duvets,
leurs douces et blanches pages,
qui savent s'habiller,
les plumes qui sont beiges,
rosées et compliquées.
Les murs mais sans la ville,
ses pièces qui isolent,
ses pièces sont des bulles,
sans arbres et sans sols,
son bruit sempiternel,

ses lieux emplis de crimes,
des crânes sous la pelle,
qui pleuvent comme la grêle,
se fêlent comme un bol,
ses hommes sans sommeil,
grelottent et se griment,
ces rues qui n'ont de pôle,
ces rues qui n'ont de cimes,
d'où voir quelque merveille,
ses rues sont sans soleil,
ses rues, unique école,
bâties avec orgueil,
et l'œil, à chaque instant,
perdant tout son contrôle,
qui passe des ébauches,
à toutes ces encoches,
se heurte aux monuments,
semblable à une pioche.
Et chaque palissade,
et chaque institution,
privée des escapades,
toujours à cette station,
occupe un service,
occupe quelques cloches,
de poids, d'indécision,
du nœud de ces boyaux,
couloirs et puis bureaux,
aboie, de proche en proche,
sortant tous les tiroirs,
sortant tous les cadastres,
et décrochant les salles,
dressées comme des roches,
au pied de leur devoir.
Bâtis, agglutinés,

couverts de leurs grumeaux,
voici tous les bureaux,
poussés comme des grenades,
tassant tous les ballots,
et leur donnant l'aubade,
d'un timbre bien bancal,
porté par les traîneaux,
palaces magnifiques,
conduites et canaux,
profits si prolifiques,
horaires et créneaux.
Mais point de craquement,
de branche silencieuse,
ne tombe, éveillant,
de consciencieuses chambres,
quand tremble le lever,
orée, en sa brièveté,
du plus profond sommeil,
projette un dessin,
en signalant un ciel.
Ses pièces qui isolent,
ses pièces sont des piles,
emplies de chairs si molles,
fémurs dont les fumées,
la poudre et la poussière,
feront bientôt l'objet,
des jeux, des quolibets,
fémurs sans la féerie,
de charmes habillés,
conquis par la nature,
qu'on livre en pâture,
des jeux et des jouets,
tibias et péronés,
fémurs dont les ferments,

moisissent sur le ciment,
voici, aux lieux publics,
voici ceux qui languissent,
la liste impudique,
la chasse est pratique.
Ses rues, qui de guingois,
emplies de leurs fringales,
développent des parois,
vêtues de prince de galles,
ses rues et ses guignols,
ses rues et ses glaciers,
les flèches du carquois,
matées, sont retombées,
filant comme des folles.
Les rues sont des carcasses,
les rues ce sont des caisses,
les rues, ce sont des quais,
les hommes s'y caressent,
les rues ce sont des angles,
les rues, ce sont des coins,
et les carcasses qu'est-ce ?
Témoins qui se courroucent,
ne causent aucune secousse,
la ville est à plat,
en tas, sont ces pâtés,
tenus entre ses bras.
La ville est carapace,
corset qui ne se casse,
se courbe et se cabre,
sans arbre elle agace,
les âmes qu'on délaisse,
les bières sont carrées,
les corps incarcérés,
le corps est mesuré,

pesé, tiré en plans,
porté sur le plateau,
il passe bien l’écran,
qu’attachent les anneaux,
qu’attachent les fusées.
Seconde où la semonce,
vous frappe de sa fronde,
semences qui s’éjectent,
en une odeur infecte,
en une odeur immonde,
ici on amoncelle,
du bas jusqu’aux poutrelles,
la ville se maquille,
ne veut paraître vieille,
ses portes et ses portières,
ces voies qui sont civiques,
civières authentiques,
n’ouvrant sur aucun air,
elle vit avec sa vièle,
et marche de travers,
elle marche dans le vide,
violente et impotente,
avide et invalide,
livide, elle tente,
les âmes corruptibles,
ici passent au crible,
la solitude obscure,
les fautes même sont pures,
les fautes sont absoutes,
comprises et sans doute,
les sciences ici, apprises,
les cartes et les glaces,
les tartes qui se lardent
personne ne regarde,

nuages de chiffons,
fichiers qui tournent en rond,
les biefs se paralysent,
les masses sont poussives,
de graves allocutions,
les portes sans loquets,
et toutes en location,
sans nids, ni éclosion,
la ville est un bocal,
au fond de ses latrines,
larbins dans les cuisines,
qui croque ses quartiers,
en chaque part égale,
qu'embaume le mortier,
un œuf enrubanné,
décor des édifices,
flambant feu d'artifice,
des marbres courtisés,
du pied des escaliers,
les larges tapis rouges,
descendent sans marée,
goûteux comme des sorbets,
soyeux et bien replets,
offrant leurs incendies,
de larges lumières bougent,
de larges travestis,
couchées dans les fumées,
de lourdes et sombres enseignes,
se froncent et s'éteignent
tremblantes ou forcenées,
hurlantes qui s'étreignent.
Néon qui s'annihile,
poussière infertile,
trempant dans ces cortèges,

la flotte de ces films,
les poids qui ne s'allègent,
ne semblent pas un crime,
néon annihilé,
on naît dans le béton,
bitume chamarré,
ruptures si brutales,
et plages sans galions,
néon qui, ahanant,
respire en volutes,
inspire par fragments,
éructe et culbute,
cahutes et misères,
circuit d'obscurité,
couvert de ces peintures,
obscènes et écaillées,
circuits qui circulaires
débouchent sur les vestiaires,
banlieues dans les fumées,
comblant tous ses fossés,
où vivent en colonies,
en troupe, apprivoisés,
les chats et les souris,
en troupe, les fourmis,
ils sortent des cellules,
ils sortent des bidons,
milliards qui ne reculent,
combinent à reculons,
ils sortent des gélules,
pullulent avec vigueur,
polluent dans la chaleur,
prospectent dans l'urgence,
l'argent a sa valeur,
ils veulent courir leur chance,

à l'heure des pendules,
se perdent en galeries,
se comptent par galetas,
perdus parmi les cris,
sans l'ombre de pudeur,
payant pour un gala,
les langues vont sans peur,
dessus les trottoirs gris,
ne souffrent de la sueur,
sonores coups de sifflets,
se gênent et se souillent,
s'embrouillent, mais sont pris,
captifs de ce filet,
offrant sans forfanterie,
lâchant toute leur monnaie,
ils tremblent comme des feuilles,
rassemblent, éparpillés,
les plus petits papiers,
du reste ont fait le deuil,
ils doivent se dépêcher,
soufflant et sans poumons,
montant dans les wagons,
ils vivent tous en groupe,
s'accouplent au hasard,
perdus dans les transports,
perdus dans les brouillards,
ces couples bigarrés,
inquiets et tout hagards,
inquiets de bagatelles,
se collent dans les gares,
se trouvent à l'autel.
La poudre que l'on jette,
recouvre bien les têtes,
aux tables si précieuses,

servies par des gracieuses,
au fond de toute assiette,
les fricassées sont prêtes,
et faites pour amuser,
les œufs et les mouillettes,
les cailles écartelées,
ils tournent, éperviers,
leurs vides et leurs entrailles,
ces bêtes empaillées,
qu'affichent les portails,
ces bêtes qu'on empiffre,
ne peuvent plus voler,
elles servent alors de fifres,
farcies et renforcées,
perdues au fond du gouffre,
elles servent de traverses,
elles servent de porte-voix,
aux mains qui sont perverses,
leur chair est une proie,
leur chair, elle est publique,
en vente aux enchères,
en chaînes et en commerces,
les chaînes mécaniques,
vendues, elles se déversent,
elles ont perdu leur langue,
par phrases exiguës,
elles pavent le trottoir,
d'une offre assidue,
affiches, en campagne,
elles chiffrent et accompagnent.
Ils dorment et dodelinent,
ils baillent et soupirent,
paupière d'opaline,
les vitres ici sont fines,

les mains manipulées,
ils errent sans alphabet,
privés de la beauté,
privés de tout cortex,
crevés comme des mailles,
les failles de leurs sexes,
l'esprit est arriéré,
n'indique plus de texte,
ne veut même plus briller.
La ville est sans sens,
ses gîtes sont sans gardes,
privée même d'absence,
puissance des écriteaux,
et tout ce qui regarde,
puissance des tuyaux,
réduit sans une rambarde,
et route sans coteaux,
les rues ici débordent,
les hordes qui s'y ruent,
et toutes choses concordent,
soulevées par toutes ces grues.
La ville dans ses hardes,
se farde de chiffons,
ne hasarde aucun pion,
des timbres tambourinent,
grimpant comme des pistons,
rompus, ils se répètent,
burinent ce bastion,
mobiles imperméables,
moteurs si malléables,
les fils multiples, ondulent,
rivant les incapables,
rivale implacable,
la ville a un air las,

déverse ses vitrines,
déverse ses abats,
des vitres sans collines,
et d'où l'on ne voit pas,
pantins sans une pensée,
marchant d'un pas sensé,
ce jeu sans préambules,
s'offrant sans ridicule,
où tout est bien pesé,
la paix s'impose d'elle-même,
la ville se trouve saine,
les souhaits sont réprimés,
les jets sont retenus,
les yeux sont des verrières,
on juge sans oser,
narquois, ils ne voient clair,
on sert des narcotiques,
l'esprit ici s'étrique,
l'esprit ici se perd,
le corps paralysé,
pesé, sans sa parole,
n'a plus qu'à se fermer,
il perd ici son rôle.
Les piétons tonnent,
et les ponts éborgnés,
et les bornes en béton,
et les bons à payer,
les bétons bêlent,
et les bennes hébétées,
et les bancs abattus,
et la graine, gravier,
et les noms sont gravés,
et les rues toujours ivres,
les bistrots sont en cuivre,

et ils traînent, atrophiés,
les visages, des ébauches,
dont les traits sont tirés,
et les taches ratées,
se traînant comme des cloches,
et leurs bouches qui mâchent,
et les tares ratifiées,
et les vieux si livides,
ces vieillards invalides,
sont des formes attrapées,
et tapies, sur ce quai,
la jeunesse y joue,
de ses jeux, des genoux,
et l'attente des siens,
le départ se mérite,
car on veille sans guérite,
qu'il fasse noir,
qu'il fasse jour,
on calcule pour ce four,
les paquets en sont lourds,
et la taxe se déclare,
désaxés, sont les rires,
et les ventres braillards,
et les brusques délires,
et les brusques écarts,
que s'étire la queue,
que l'attente soit longue,
et qu'abondent les vœux,
en ces lieux sans faconde,
et les liens qui se tissent,
et les mains qui se tendent,
et les tailles se touchent,
se blottissent, se déhanchent,
et les manches, se fripent,

et les tripes ne débouchent,
et les gens qui se mouchent,
et étanchent leur soif,
et le peigne qui coiffe,
et la teigne qui louche,
le métal qui se hache,
les machines éméchées,
et les lâches sont lynchés,
et les pièces détachées,
et les chiens qui se lèchent,
les ermites qui se cachent,
et les traîtres qui singent,
et les mains qui se quittent,
et les bouches qui mâchent,
et les lèvres attachées,
le sirop que l'on gâche,
et les mèches qui volent,
les écoles démontées,
et les bras sont coincés,
écorchés, en spirales,
la ville en ses masses,
assimile tout ce mal,
la ville sans molosse,
sans poste, et sans garde,
le pauvre y demeure,
s'acharne et recherche,
il fouille en ses décharges,
un os et une crèche,
les pierres y ont un grain,
même fausses, elles donnent faim,
les chiens sont si féroces,
s'efforcent de passer,
les farces sont tramées,
leur trace qui distrait,

l'oubli est oublié,
ils rampent adroitement,
serviles, obéissants,
se servent souplement,
décrivent bien des axes,
moulinent en torturant,
farine qui se malaxe,
mâchoires de ses plans,
ne cachant pas ses masques,
mouchant en ses mouchoirs,
informes, ses ferments,
les formes dominantes,
les formes démoniaques,
toniques ou compactes,
s'agitent et se contractent,
les minuscules fourmis,
en un effort unique,
et un contact maniaque,
risquant chacune leur vie,
suivant même la tactique,
ils crèvent les besaces,
contractent maladies,
ruminent tous les rêves,
achètent les liasses,
ils crient, mais à voix basse,
ne quittent pas ce lit,
immense charivari,
agitent leurs prothèses,
empli, de ses punaises,
empli de ses cafards,
le fond des vieux cartons,
déballe ses mouchoirs,
s'allume la minuterie,
agite ses mirlitons,

les taches sont moutons,
se suivent en marron,
se suivent sans murmure,
pour un pressoir sans fond,
et ce cloaque dure.
Aux frontons, affrontés,
les fusions, les fusées,
les pompiers les troupiers,
sur les ponts déchaussés,
les ingénieurs du son,
s'acharnent par millions,
captant chaque rumeur,
et reliant les fonds,
humant comme les veilleurs,
les ponts pompent,
les tons trompent,
les tréteaux, les tritons, les trombones,
les marteaux, les mitrons, les matrones,
les métreurs, les crayons, les carbones,
les tampons, les tympans, les clameurs,
et par les haut-parleurs,
et par les porte-voix,
ils brisent toutes les vitres,
partagent tous les toits,
et par effort unique,
effet stéréophonique,
décrit en « la majeur »,
conversent et composent,
concentrent en conserves,
conservent et proposent,
décrivent et dissertent,
en cercles qui dérivent,
l'ultime cacophonie,
magie anthropophage,

métrique qui mugit,
musique si déserte,
gravant des beaux mirages,
des rives qui remuent,
percées de vagues cages,
où plongent quelques nus,
minutes et silences,
encensent et disputent,
extraits par ces mixages,
achètent toute rue.
Les ingénieurs des grues,
les ingénieurs de ces sillons,
creusent les pans, forçant les ponts,
s'attachent aux discussions,
débrouillent pour l'ingestion,
les déroutants gisements,
posant tous leurs jalons,
et recomptant les joints,
et recomptant les gens.
Les treize artères,
artistes de ce pont,
creusant dans la matière,
s'éclairent de leurs lampions,
les ingénieurs des chaussées,
sachant poser les cas,
tout en chassant, sur le papier,
s'acharnent aux diffusions,
décident des croquis,
choisissent les boulons,
précisent les indices,
le pont, sa symétrie,
ses mètres d'écuries,
tronçon avec ses cris,
s'appliquent aux brouillons,

construisent l'armature,
d'un bruit, chaque murmure,
machines et outils,
mêlées comme moucherons,
le pont dans l'ascension,
s'ébroue sous les baillons,
multiples additions,
matraques géométriques,
poignées dans leur filet,
les hommes sont toujours prêts,
pour suivre l'impulsion,
partir pour l'aventure,
le pont les pieds aux frais,
attend tout habillé,
payé et emporté,
livré tout en portions,
il faut savoir compter.
faire la facture,
et l'eau aux piles opaques,
cadence de ses claques,
colloque de ses danses,
cloutant toutes ses flaques,
s'écoute égoutter,
se brise en cahots,
se brise en contacts,
heurtés et répétés,
les ingénieurs du son,
s'acharnent aux sillons,
silos qui sont rebelles,
engrangent les poutrelles,
amassent au grenier.
Les pentes sont emplies,
de ritournelles jolies,
et l'eau de ses truelles,

ruisselle à l'abri,
jugule les écorces,
leur force phonétique,
qu'il gèle ou qu'il fasse gris,
sans tambour ni trompette,
sans un trouble, ou vaguelette,
les semelles avec métier,
traversent toutes à pied,
ces mètres si coquets,
ce pont sur le papier,
ce pont, son tablier,
ces câbles et conjonctures,
conjuguent les hasards,
groupés en une fanfare,
et la baguette narre,
elle montre les nervures,
la force de ces fers,
les mains des pionniers,
premières poignées de sons,
les lourds moignons d'acier,
les jets de vieux pigeons,
et les pignons semés,
tambour bien rembourré,
arbitrent au parapet,
arpents et puis chariots,
surplombent le ruisseau,
enserrent de leur poing,
micros tenus en main,
ponctuent tout ce chemin,
les pères de ces chaires,
l'oreille déchirée,
tonnerres des carrières,
les cris tout en acier,
chavirent à l'envers,

le ciel et ses deux rives,
captive les images,
il tombe sans réfléchir,
victime de son visage,
le fleuve qui le clive,
est bien embouteillé.
Les ingénieurs chassant,
ne peuvent se déchausser,
se trempent les deux pieds,
s'entêtant à discuter,
dressant les nouvelles perspectives,
du pont estropié,
dont les lignes respectives,
concourent au péril,
des troupes rapatriées,
sous les piles, la courbe,
des troupiers, du troupeau,
des drapiers, des marteaux,
des pistons, des portiers,
des trépieds, des râteaux,
des ratons, des poteaux,
des canons, des cornets,
des violons, des volets,
des couteaux, des filets,
du filon et des quais,
qui en tranches découpées,
sont prêts à éclater,
branlant, l'air interdit,
de taches éclaboussées,
de plâtres essuyés,
le pont est bien promis,
le pont est confisqué,
en place, ils officient.
Les pompiers, le danger,

les patrons, les postiers,
les courtiers, les concierges,
les balais, les tuyaux,
les rigoles émergent,
les pasteurs, les passeurs,
la clameur, ses quartiers,
le désordre enfantin,
les enfants par la main,
la foule idolâtre,
elle suit comme l'eau courante,
et vient après le pâtre,
qui plante et qui chante,
chahute et sourit,
les longues enfilades,
ces frétillants coursiers,
ces fous et ces barbares,
gagnant leurs cavalcades,
ces brutes, qui hirsutes,
ont mis le feu aux phares,
ou bien dégringolant,
voitures gringalettes,
franchissent en montant,
la tombe toute prête,
les loges ogivales,
la vigilance au vide,
le filtre du fourneau,
ils passent sans un guide,
ils suivent les panneaux,
se moquent des oiseaux,
les longues et lentes chenilles,
qui grillent les chevilles,
qui mangent les charmilles,
s'attaquent à ce qui brille,
fonçant sur le bitume,

prunelles oppressantes,
les phares dans la brume,
qu'avalent les carreaux,
vitesse caressante,
carrosses laminés,
si durs et noirs pruneaux,
acier qui réfléchit,
assis suivant les flèches,
ses membres sont scellés,
ses membres sont sertis,
écarts dans les virages,
ravir avec la rage,
ruer et ruminer,
agir et réagir,
rugir ou végéter,
mater et puis meurtrir.
La flamme qui les lèche,
escorte qui roule tard,
écarte les cohortes,
se porte et se gare,
prisons de ces capsules,
blindage des momies,
camions en majuscules,
les routes sont bandées,
traquant le crépuscule,
ce point si minuscule,
est vite muselé.
Voici échafaudé,
le pont dans ses bandages,
humide et humilié,
mouillé de sons liquides,
tenu à être sage,
il veille sur les sens,
il veille sur le vide,

en évitant de fondre,
et en restant rigide,
conscience des volumes,
humant chaque présence,
protège de ses plumes,
voici sur les poutrelles,
les fils qui sont tendus,
de neuves hirondelles,
contraintes, en retenue.
Ils marchent sans machines,
méchantes sont les chaînes,
elles font monter la haine,
ils marchent sans levier,
en déchargeant les bennes,
suivant chaque comptine,
luisante dans sa traîne,
emplissent un abîme,
les têtes sont des mines,
tapées à coups de pioche,
tapées à coups de piolet,
les têtes se démènent,
répètent un même couplet,
la lime dans la poche.
Les sons ce sont des fautes,
et quelle que soit la note,
la porte est bien haute.
Pulvérisez ce lit,
pulvérisez le lierre,
pulvérisez la pierre,
les briques et la literie,
la basse flatterie,
la flotte si grossière,
pulvérisez les bières,
et tout ce qui s'est construit,

écume des fléaux,
écume qui se flétrit,
retombe blanche et morte,
ne porte et ne prie,
écume si bizarre,
bâtie sur les tréteaux,
les éléments bâtards,
chimères sur leur réchaud,
chameaux portant les hères,
qui brûlent aussitôt,
ces monuments si beaux,
qu'acclament les boniments,
que gardent des cerbères,
des officiers polis,
trahis par leurs manies,
qui trompent en mentant,
la troupe n'a point honte,
ne veut que le rendement,
qui chassent le troupeau,
que brûlent les rotondes,
les sombres rondes de nuit,
les êtres qui se rendent,
se tendent sans un cri,
retombent leurs débris,
leurs bruits rétribués,
les brides étant lâchées,
le fond des bières blondes,
le fond de la brasserie.
Branlants sont ces vieux socles,
pendants de vieilles breloques,
branlante pantomime,
qu'animent les fantômes,
pulvérisez le lit,
pulvérisez le lierre,

que tombent en poussière,
ces monuments construits,
objets de leurs amours,
objets de leurs prières,
objets de leurs délits,
captifs dans des volières,
et tout ce qui la pare,
en quoi, elle se regarde,
la voie de ses miroirs,
l'aspire et la farde,
l'aspire et la conduit,
la voix de ses spectacles,
où s'engloutit l'oracle,
où s'engloutit la gloire.
En concluant son pacte,
l'alliance, et le contact,
avec le tentateur,
la ville, dans sa déchéance,
ne craint, elle n'a pas peur,
conçoit bien des délires,
elle compte sur sa chance,
elle compte sur sa proie,
ne sait se contenir,
en respirant cet air,
hélium ou oxygène,
les gaines sont gonflées,
de fausses et lourdes haleines,
de souffles épicés,
les glandes ne se contiennent,
menteur qui met en scène,
prépare le spectacle,
et pose la sépulture,
en abattant l'obstacle,
en quoi, elle se regarde,

mendiante qui suppute,
serpente et discute,
immonde dans ses chaînes,
secoue tous ses grelots,
d'où tombent quelques graines,
et monte à l'assaut,
et monte aux arènes,
ses mailles et ses propos,
sceptique, elle ne croit,
et dans sa robe de soie,
sa frange de plastique,
elle veut toucher du doigt,
elle veut être pratique,
la proie de ce vampire,
la proie de ce vainqueur,
du vide qui l'aspire,
la proie de ce coureur,
qui ouvre palpitant,
sa porte et son cœur,
qui trompe en rampant,
qui trempe lentement,
le sucre, en la scrutant.
Sorcières décidées,
habiles à l'usure,
souhaitant de la luxure,
souhaitant tout posséder,
courbées sous une bosse,
changer le vieux carrosse,
brosser un beau portrait,
à l'aide de vos fétiches,
flambants de leurs attraits,
changez les eaux en friches,
en sourds et faux marais.
Voici le fond des fosses,

lumière des ripailles,
entracte éclairé,
le pacte est sans failles,
s'en vont tous les regrets,
ils filent les aiguilles,
ils fuient tous, de travers,
pour coudre ce qui brille,
aimer ce qui se perd,
savantes analyses,
sous forme de cautions,
que causent les grognons,
ajustent les désirs,
aux tailles des plaisirs,
qui pèsent de leur poids.
Les mains ne sont à ceindre,
les mains sont des courroies,
les chaînes sont immondes,
et même leurs haleines,
les jeux se font sans lois,
les magasins appâtent,
aux viandes succulentes,
les vitres alléchantes,
et chatouillant leurs ventres,
folies des cabanons,
jambons et cabarets,
rabais et réductions.
Gazelles qui courez,
tondues, toujours tentées,
hantées par les rébus,
cédant aux tentations,
chantez vos partitions,
le lobe à l'oreille,
qu'incrustent les brillants,
les pierres sans pareilles,

présent comme un aimant,
tremblantes, écoutez,
trempant vos doigts de pieds,
où l'eau ne peut craindre,
la plante ne se mouiller.
Maisons toutes en crépi,
carpettes qui tapissent,
courettes en damier,
maisons sans frontispices,
fenêtres affamées,
sans ombre, et sans palmier,
que guette la paresse,
propice à dorloter,
que passent les auspices,
l'oubli, la pauvreté,
poussière qu'on secoue,
sandales sans leur poudre,
les rucs s'ensevelissent,
se laissent bien dissoudre,
ou bien, elles sont précises,
poudrées et raffinées,
ou bien, à peine nées,
voûtées, elles s'assouvissent,
s'emplissent ou sont lampées,
pavés d'où ne peuvent soudre,
ni fleuve ni rocher,
toujours des orifices,
ils servent à bien moudre,
emboîtent tous les pieds.
Pulvérisez ce lit,
pétri de pierres,
pulvérisez la ville entière,
ses jacassantes pies,
la ville couverte de paupières,

la ville est tout en verre,
où ses amants s'enlacent sans répit,
les yeux repassent,
ne se repentent et ne prient,
la ville est une meurtrière,
un seuil hagard, qui ne respire,
n'emplit ses jarres d'aucun désir,
artères articulées,
arêtes muselées,
les murs sont bien musclés,
enfer, béton acier,
en forme de paraître,
enferme dans ses pierres,
retient toute la lumière,
reflets sur les lamés,
elle coûte alors très cher,
au sein d'un poudrier,
se presse pulvérisée,
enfer, béton, acier,
et faite pour se repaître,
retient les affligés,
enfer qui est obscur,
consterne par ses murs,
attache tous ses êtres.
Raillant chaque rayon,
amants hors des buissons,
debout sur leurs balcons,
la ville s'agglutine,
sécrète ses résines,
extraites de ses crampons,
couverte de paupières,
qui battent fixement,
couverte de babils,
de cendres et de poussières,

qui servent d'oraisons,
couverte de chenils,
couverte de lichens,
de veines et de vinyle,
et de sébiles obscènes,
étreinte de ses angles,
étranglements furieux,
elle serre dans ses tripes,
elle serre dans ses tringles,
elle serre dans ses sangles,
étouffe dans ses creux,
ne lâche, ne veut que prendre,
avide de toucher,
avide de ses gouaches,
elle souille et elle gâche,
ses feuilles en triangle,
ses feuilles de papier.
Ses yeux, ce sont des pierres,
aveugles prisonnières,
visions d'ensevelissement,
à face de velours,
qui s'ouvrent comme des fours,
un trouble épouvantail,
pourvu de ses vétilles,
en forme de vitrail,
qui ouvre toutes ses failles,
ses faces, à coups de faucille,
ses filles et ses entrailles,
elle bâille par ses grilles,
par mille liens elle scelle,
empêche tout élan,
soudant toutes ses poutrelles,
hélices au mouvement,
poutrelles et poteaux,

poubelles et panneaux,
canaux et caniveaux,
poncifs et pantins,
cartons et vieux coquins.
Voici, paralysés,
ses quais et ses immeubles,
ces fleuves sont recrus,
couverts de mousse aveugle,
ces fleuves qui se tassent,
que creuse toute grue,
fondant leur carapace,
ces fleuves assidus,
muets que l'on martèle,
mortels par leur diction,
leur chape et leur corset,
leurs masses et filets,
qu'attachent toutes ses lianes,
qu'attachent les ficelles,
limées sous les aisselles,
et en un corps fluet,
ses feuilles qui se fanent,
et d'où s'écoule le fiel,
ses laines alignées,
ses lignes annelées,
ses lignes fignolées,
nivellent et s'annihilent,
tendant son grand collet,
tendant tous ses moignons,
ses poings et ses pignons,
tendant ses mignardises,
les nœuds de tous ces ponts,
frivoles friandises,
cerises ou bien fripons,
déchire de ses épieux,

et fait frémir la chair,
déchire entre eux,
les frères,
et fait blêmir les fronts,
et fait frémir les cieux.
Devant tous ces jetons,
devant tous ces fripiers,
les âmes habillées,
ne peuvent que plier,
ôter leur capuchon,
ôter chaque soulier,
elles servent toutes de cibles,
elles servent de fanions,
elles sont passées au crible,
de chaque opération.
Les jambes sont les gypses,
les jambes sont taillées,
ces pierres sont raidies,
ces pierres sont gisantes,
ces pierres gigotantes,
ne peuvent s'éclipser,
elles doivent être souffrantes,
toujours, toujours marcher,
les ânes obéir,
ne peuvent que pleurer,
les rêves qui les hantent,
et dont ils sont privés,
les ânes n'ont pas de pré,
les bras sont colonies,
colonnes empilées,
veillant pour la survie,
soumises à cette pluie,
privées de vérité.
De gros nuages noirs,

voltigent leurs écarts,
bourdonnent sur leurs tiges,
des toges affligées,
se plient dans les litiges.
La foudre peut tomber,
frapper dans un éclair,
la terre peut tituber,
les gens vont se recoudre,
se tassent pour se taire,
les êtres en cet étau,
qui ont perdu le mors,
qui ont perdu les mots,
ne peuvent se sourire,
ne peuvent se défendre,
ne peuvent s'écarter,
et retrouver le port.
Les jambes et les bras,
Les têtes caressées,
qui logent dans les boîtes,
des boîtes alignées,
le long des rues étroites,
le long des rues désertes,
des avenues ouvertes,
des avenues expertes,
expriment le désarroi,
en secouant leurs draps.
Car qu'est-ce ce carcan?
ces flèches caressant,
ces frises alléchant,
s'affaissent et se sourient,
tout en montrant les dents,
faiblesse si souvent,
cette crypte et ce froid,
des jambes dans le noir,

qu'éclaire l'artifice,
miroirs qui sont ignés,
de sombres orifices,
courant dans tous les sens,
de sombres corridors,
fourrures indolores,
des jambes et des bras,
qui logent dans des trappes,
des ondulantes nappes,
fenêtres et escaliers,
boitant sur les paliers,
du bas, jusqu'au sommet.
Ces grappes enfouies,
ces groupes qui se grattent,
ces bras sont empalés,
glissant à coups de pelle,
glissant dans les ballets,
de bottes et de bielles,
les voies sans ablution,
blotties dans leur bastion,
ballantes et bouchées,
ouvertes comme des baies,
qui braient et ne se couchent,
les voies sont embrochées,
douchées de leurs jeux louches,
de jets et de hochets,
bouchées par les brioches,
coulant au caniveau,
en espaçant les couches,
branchées sur les échoppes,
autour d'un même clocher,
qu'enveloppent des écharpes,
marchant à cloche-pied,
cochant leurs caractères,

aux pierres mal timbrées,
aux pierres limitrophes,
aux pierres arrêtées,
les jambes qui sont plans,
que veillent les agents,
les jambes élégantes,
que veillent les galants,
les jambes sont des joncs,
des gerbes en prison.
Enfants, futurs aiglons,
sortis des vieux jupons,
sortis en gémissant,
les femmes accouchant,
de monstres pervertis,
de mains et de crochets,
difformes ou trop parfaits,
prêtés à leurs amis,
enfants déjà vieillis,
qu'elles sortent tôt du nid,
par bribes, pour un prix,
posé sur le berceau,
par bribes, à propos,
qui savent articuler,
écrire et écarter,
et portent sur le front,
le poids de l'entêté,
désirent la séduction,
la gloire esthétique,
la langue du micro,
le feu de la photo,
les fautes phonétiques.
Les hères souffreteux,
servant chaque paroi,
servant chaque prétoire,

sont pris entre deux nœuds,
la pomme ou la poire,
se heurtent sous les toits.
Les lames ascétiques,
l'acier si élastique,
surfaces hermétiques,
cousues de leur plastique,
la ville ne sait que moudre,
ourler, ne point absoudre,
pincer et faire jaillir,
la chair pour la saisir,
ses pierres sont hideuses,
séparent sans mûrir,
ses pierres sont mutiques,
se moquent des bubons,
des lèpres faméliques,
rongeant chaque micron,
des peaux en leurs portions,
enferment et emballent,
cuisant sur les fourneaux,
cuisines infernales.
Des gouttes en souffrant,
résorbent les passerelles,
les gens remuent leurs pans,
et jugent sans appel,
consciences qui se noient,
consciences aux abois,
se perdent en dédales,
se perdent bien adultes,
oublient toute pendule,
oublient toute pédale,
oublient leurs propres doigts,
oublient qu'il y a des cultes,
adulent les compromis,

oublient le mois de mai,
jeunesse sans bouquet,
flétrie dès son enfance,
qui vit sans un regret,
qui n'a pas une chance.
Voici qu'il est propice,
le jour enfin levé,
le ciel démantelé,
des bancs de gros nuages,
qui tout en voyageant,
s'éloignent du passage,
voici dans sa toison,
la joie et les frissons,
manteau de sombre marte,
amantes qui s'attardent,
abri sans précipices,
les feuilles ne se fardent,
les cachent avec délices,
montrant enfin les arbres,
le soir sous sa pelisse,
ses touches délicates.
son tact, et elles pâlissent.
Amantes, qui repartent,
hâtant vers les buissons,
leurs pieds chargés d'entraves,
leurs bras, de lourds ballots,
les fausses et bonnes raisons,
reviennent à propos,
blottissent dans le haut,
bâtissent dans le bas,
leurs sombres et lourds visages,
à peine sorties des caves,
effluves des tavernes,
elles plongent dans les bois,

leurs yeux emplis de cernes,
échappent, à leur prison,
profondes sous les poids,
la ville et ses gloutons,
ne sonne que le glas,
la ville et ses factions,
la ville et ses fractions,
citernes et pâtés,
poternes et guerriers,
poursuite des roquets.
Ces grives sont très graves,
arrivent sans chanter,
chavirent sur les octaves,
ne savent plus voler.
Épouses clandestines,
mutines, elles étaient,
leur jupe, chemisier frais,
coquettes sans secret,
les pieds dans les socquettes,
le chien jappait autour,
le chat faisant des mines,
l'oiseau faisant sa cour,
l'abeille butinant,
qu'éclaire le soleil,
la ville et ses larves,
ses livres harassants,
le havre est reposant.
Ses jambes ce sont des nœuds,
ses bras ce sont des briques,
craquant avec le cric,
plongée dans ses grimaces,
faisant de grasses siestes,
marchant à coups de trique,
elle tourne bien sa veste,

et boit à chaque tasse,
se livre à tous les jeux,
les murs sont aussi hauts,
si creux sont les boyaux,
les murs et leurs jointures,
cousus par des piqûres,
ils sonnent toujours faux,
la ville est accroupie,
pétrit de ses pupilles,
stériles et cupides,
les choses, en ce qu'elles brillent,
le fond de parasites,
le nœud de ce pivot,
formant toute une élite,
d'où tombent les noyaux,
en forme de pépites,
en pluie sur les chapeaux,
la ville se cramponne,
en ses vieux lits défaits,
adresse en aumônes,
ses vieux mirages laids,
consomme de la bière,
caquette sans regret,
croyant en sa magie,
campant derrière sa haie.
Les jambes ne sont fraises,
les jambes ne sont framboises,
fendues de toits d'ardoise,
qui poussent dans la glaise,
durcie sous les frimas,
frimousses dans les bois,
riantes par éclats,
qui poussent et tapissent,
la glaise, elle glisse,

et s'offre aux entrechats,
ses bras ne sont brasiers,
baissés sous les orages
pressés d'être embrassés,
qu'agitent les noisetiers.
Rideaux de chaînes,
rameaux de crème,
et veines des mots,
cristaux de textes,
perplexes, extrêmes,
ils font des moulinets,
manettes solitaires,
minutes militaires,
ils jouent des mandibules,
jugulent leurs mâchoires,
ils font de belles frises,
ils font de belles phrases,
qui ondulantes et grises,
serpentent dans les prises,
serpentent dans les poires,
les bouches sont les fils,
les phrases électrocutent,
et tapent dans le mile,
elles veulent toucher leur but,
culbutent les balises.
La ville chérit l'écran,
l'image des géants,
l'image gigantesque,
où toutes les potences,
accrochent les brigands,
au sein de quelque fresque,
assise, mais sans champ,
assise, sans le vent,
choyant le faux-semblant,

les phrases éclaboussent,
ne servent de boussoles,
ne servent pas de sel,
et dans les noirs sous-sols,
et dans les noires soupentes,
aucune chose pousse,
personne qui ne plante,
car il n'y a de sol,
car il n'y a de mousse,
car il n'y a de sente,
et tout est apparence,
les fils ce sont des fuites,
amères comme l'absinthe,
conduites d'eau droguée,
conduisent aux robinets,
les fils, ce sont les fautes,
des fautes et des conduites,
sans feinte et sans regrets,
conduites se dérobant,
aux sens, aux stupéfaits,
encensent et condescendent,
de virulentes potions,
cautions et productions,
les eaux ne sont que ceintes,
ne savent se troubler,
les outres sont rouillées,
façades qui sont teintes,
leur sens est dépassé,
ne coulent pas de terre,
perdues dans les primevères,
clouées dans des étaux,
taillées dans les tuyaux,
coulant dans les cités,
coulant dans les boyaux,

des gorges tuméfiées,
coulant dans les larynx,
leurs griffes de puma,
leurs griffes aux abois,
les griffes du vieux lynx.
Voyez, chemins lustrés,
barbares qui adulent,
des monstres ridicules,
barbares qui adorent,
les veaux qui sont en pièces,
profanent les Espèces,
barbares si bizarres,
montagnes des empires,
construites sur le délire,
imberbes et sans blizzard,
montagnes en désordre,
montagne de ces hordes,
construites sur leur or,
construites sur leur art,
les plats, où elle se mire,
les dards pour se détruire,
construites sur l'ordure,
construites sur l'enflure,
montagne de paillards,
montagnes de pillards,
montagne si avare,
violente et volcanique,
braillante et famélique,
d'où tombe en pullulant
le martèlement des chars.
Montagnes d'envergure,
sculptures et augures,
et fête de ces corps,
qui dorment à l'écart,

au fond de leurs voitures,
tirant leur place au sort,
des brises qui s'emmurent,
chapitres sans charpentes,
des arbres sans culture,
des pieuvres maçonnées,
coincées dans les soufflets,
coincées par la fumée,
machines qui aspirent,
le long des parapets,
visages tous broyés,
de mille et mille feuillets,
montagne hétéroclite,
qu'agitent les images,
les pagnes et les articles,
les titres composites,
et où circulent les clés,
de songes éclectiques,
que l'être décortique,
le jour y périclite,
payé, déshabillé,
et, l'aube s'y irrite,
n'osant se préparer.
Pulvérisez cet axe,
et galaxies errantes,
ses masques extirpés,
le musc de ses bouquets,
les signes contractés,
les choses doubles et mixtes.
Du fond de ces thorax,
l'action est incisée,
l'index l'a désignée,
le pied à l'étrier,
les sens sont excités,

sont tristes et traqués,
déroulent leur lexique,
profèrent leur plastique,
profondément fébriles,
en face du public,
prolixes, ils prolifèrent.
Assises qui seyez,
conquises par ces fièvres,
assises exécrées,
assises actionnées,
conquises et châtiées,
polies comme des stylets,
qui s'ouvrent sur les lèvres,
vos chartes aux plis replets,
tombant de ces salives,
emplies de politesse,
tombant de mille caisses,
tombant de mille feuillets,
des traces des ogives,
ces bouches arrondies,
formant comme des olives,
s'empilent et s'articulent,
bordées de leurs nodules,
explosent avec sveltesse,
exposent en un spasme,
les miasmes et les jets,
aspergent et implorent,
bâtissent tout en cubes,
construisent de leurs tubes,
le corps de toutes les salles,
le corps en un palace,
tournant sa face au nord,
les voix sont à la chasse,
caprices que l'on choie,

désirs qui ne sont droits,
désirs qui sont factices,
que creuse l'orifice,
les pièces en contact,
les prismes du plastique,
les panses sont caustiques,
les choses sont taxées,
sensuelles et contrastées,
les phrases sourcilleuses,
aux sources si oiseuses,
les mots sont tous croisés,
qui crachent leurs filons,
qui crachent leurs fumets,
qui cachent leurs lésions,
vêtues de vieux gilets,
pendants sur des jupons,
qui crachent leurs microbes,
le long de phrases sobres,
qui cachent leur giron,
qui cachent leurs excès,
et leurs indécisions,
au creux de larges robes,
le long de froides enseignes,
ils plongent et se plaignent,
les songes déroutants,
régnant et s'allongeant.
Arrachez, rochers arachnéens,
les chèvres écartées,
perchant sur les sommets,
les cornes qui s'acharnent,
les cornes chimériques,
richement ciselées,
les cornes des béliers,
leur force pousse, oblique,

un plan machiavélique,
ils tombent dans les mains,
de sombres et gras bandits,
qui suivent le chemin,
qui suivent du regard,
leurs charmes empesés,
leurs yeux qui sont violets,
leur course si bizarre,
et l'ombre les maudit,
reflet des longues pentes,
des pentes trébuchantes,
la chute du soleil,
chamarre les boucles lentes,
de toutes ses merveilles,
l'écho est nasillard,
l'écho en son écart,
l'écho qui a son guide.
La ville a plusieurs seins,
emplis de ses reptiles,
échappe à nos mains,
la ville en ses sessions,
congrès et discussions,
assise en sciant,
changeant toute version,
changeant en un vertige,
en teintes, ses dissections,
paroles qui obligent.
Montagne des échecs,
montagne miroitante,
ils tendent leurs mains moites,
leurs plans et leurs haleines,
en hâte, se contiennent,
les souffles sont parqués,
le gouffre, ouatiné,

les pieds, ce sont des boîtes,
des boîtes d'épouvante,
des boîtes de souliers,
montagne des échecs,
où s'évertuent les becs,
les pages sont les bacs,
de vraies bibliothèques,
des pages asséchées,
de livres squelettiques,
courbant des dos étiques,
aux points et aux signets,
reliant les moisissures,
l'odeur cadavérique,
encens atmosphérique,
bouillon de la culture.
Montagne de macaques,
montagnes nickelées,
les portes n'ont de claque,
ne peuvent que raisonner,
les portes compliquées,
les portes qui complotent,
les portes empotées,
Montagnes si hâlées,
où s'ouvrent, ébahis,
les yeux dépaysés,
sans haies, sans paradis,
baillant se débattant,
rêvant, ratiocinant,
brillant sans abreuvoir,
braillant pour bredouiller.
Habits de villes neuves,
sans rives, et sans veuves,
pour coudre et rapiécer,
tresser en un long fleuve,

de longues aiguillées,
tisser en leur matrice,
des larmes effleurées,
touchantes et peu factices,
sans verre où verser,
et sans calculatrice.
Ils vivent si peu braves,
ils vivent en travers,
leur clan a des entraves,
sans œuvres et sans air,
ils boivent et s'enivrent,
sans vivre, et voir le givre,
se couchent bien trop tard,
les hanches sont lascives,
les gestes accaparent,
les phrases monnayées,
écrites en cursives,
munies de leur monnaie,
la propre insolence,
le propre incivisme,
déroule ses versets,
ses forces dévorantes,
en attachant ses isthmes,
en attachant ses plaies.
Laissant à leur lessive,
les sœurs qui veulent vivre,
laissant à leurs servantes,
les œuvres pour survivre
les œuvres éprouvantes,
les œuvres haletantes,
les œuvres si courantes,
les œuvres ordinaires,
les œuvres pour se taire,
les œuvres qui s'étirent,

le soufre les imprègne,
la sueur si contraignante,
et bien qu'elles ne se plaignent,
la soif compatissante,
les sœurs sont subalternes,
la peur passant son peigne,
Le fruit en son labeur,
Le signe que l'on saigne,
la sueur, le seul trésor,
s'invite sous leur tente.
Laissant à leurs servantes,
la sueur et le soupir,
le fond de la soupente,
leurs doigts qui se déchirent,
ils suivent lentement,
les pentes pantelantes,
ils font en paressant,
des pauses nonchalantes,
ils nichent et se prélassent,
au fond de leurs coquilles,
la plage de leur couple,
déguste, replié,
des langues qui agacent,
fruitées comme des anguilles,
la gangue des palais,
se lape comme la quille,
la gourde bien profonde,
percée de son aiguille,
et l'eau y est bien lourde,
les bouches vont se fendre,
ces sas sont harassés,
lassés de se surprendre,
baillant pour déguster,
palettes et pilons,

bannissent bâillonnés,
la place d'une croisée,
la place d'un rayon,
la place de l'enfilade,
profond sur l'infini,
profond sur l'escapade,
la place des comètes,
du ciel, de ses quartiers,
la lune à sa toilette,
les enfilades d'étoiles,
qui tiennent éveillé,
choisissent le panier,
en vrac, ils multiplient,
emplettes et paquets,
tablettes de qualité,
frivoles galanteries.
Archives qui sont chères,
bâties sur la misère,
les hères se déchirent,
aspirent à étirer,
l'entière félicité,
aspirent à l'éther,
ils virent comme la mer,
ils virent désossés,
hachés par la bouchère,
la ville meurtrière,
la viande amortie,
son prix a bien baissé,
et dans son abattoir,
aux flaques de miroir,
les veaux sont vacillants,
gisants et gémissants,
les mèches des machines,
les miches à la chaîne,

le pain qui est pétri,
mûri dans les usines,
la foi, manichéenne,
la force et la haine,
elles triment et entraînent,
mordant à coups de lime,
mordant à coups de serpe,
les gerbes qu'on butine,
les tertres désertés,
et l'herbe sous les chênes,
sans nombre sont les pertes,
multiples les briquets,
les fosses sont tissées,
de têtes innombrables,
de têtes détachées,
de pieds décapités.
La ville, ses matricules,
bouscule tout en transe,
corbeille sans une anse,
corbeille sans ovules,
que portent mille mules,
que pèsent mille balances,
et toute mésalliance,
ses ouailles sont ses ouïes,
portant sur leur poitrail,
les signes inouïs,
les signes, devinettes,
les signes ridicules,
détails de chaque sonnerie,
de coche et de sornettes,
de cloches en série,
multiples et alertes.
Elle porte en ses caisses,
les pierres à concasser,

elle a accès aux pièces,
aux sièges, sans payer,
elle porte ses liasses,
sans cesse, elle ressasse,
elle pense à complaire,
elle chasse sans colère,
sans liesse, elle s'éclaire,
elle voit ce qui l'attire,
la ville et son alcôve,
ne crée que des billets,
ne vibre pour les pauvres,
abat sur ses billots,
le bois qui pousse trop haut,
la branche qui s'échappe,
la nappe de son choix,
le sol s'affranchissant,
du nœud de cette grappe,
risquant sa vie, son temps.
Et dans ses rues verdâtres,
noyées sous les plâtras,
et les palais d'albâtre,
on tire à l'arbalète,
on tire sur chaque cas,
et sur la plus petite belette.
La ville et ses transfuges,
ne crée que des refuges,
pour brutes repenties,
et pour tous ceux qui fuient.
De sombres et froids abris,
où l'on ne peut s'éprendre,
et où il y a du bruit,
de sombres et froids abris,
broyant toutes les angoisses,
en une nuit qui poisse,

et son parloir poli,
de sombres et froids mégots,
qu'accuse le ruisseau,
et que l'on tend par ruse,
panneaux à chaque voie,
panneaux sans leur sortie,
indiquent ce qu'il faut,
imposent leur verdict,
car, ils vont caressant,
leurs escarcelles pleines,
armés de leurs brillants,
armés de toutes leurs dents,
armés de leur argot,
mâchant la bouche pleine,
se vendre comme un lot.
Silences sempiternels,
voyelles sans lumière,
subtiles, immatérielles,
de veilles lancinantes,
si blanches et éloquentes,
qui clament à l'oreille,
ils marchent bien soumis,
se heurtent à chaque encoche,
se heurtent à chaque parvis,
vêtus comme d'habitude,
du vieux bonnet de nuit,
privés de solitude,
décrochent leur manteau,
pour suivre un caniveau,
et tombent sans un cri.
Les cieux sont les essieux,
rouages mécaniques,
rouages minutieux,
témoins si pathétiques,

qui essuyant parfois,
les larmes dans les yeux,
horloges bien en rang,
balance ascétique,
prévoient nos mouvements,
nos pleurs sous les portiques.
Chapelles sans chapeaux,
chapitres et chapiteaux,
sans ombre et sans ombrelles,
châteaux d'obscurité,
absurdes conseillers,
au seuil tous les chacals,
calculent leurs projets,
ils veillent sur le mal,
leur guet suivi d'un bond,
franchissent et attrapent,
leur œil, ouvrant sans gond,
les proies se départagent,
des brutes qui se battent,
les groupes se séparent,
la chair est déchirée,
les pas se précipitent,
à force de lézardes,
à force de fissures,
à force de pépites,
les murs vont murmurer,
l'usure les fait céder,
les groupes se départagent,
ils trichent pour échapper,
aux lois de ces carnages,
aux louves et à l'épée,
ils tournent toutes les pages,
papiers qui ne pépient,
épier et sans répit,

la pieuvre et l'épervier,
ramper sans répéter.
Ils usent de simulacres,
déguisent leur accent,
assistent au spectacle,
cachés dans les coulisses,
derrière un paravent,
les perles puériles,
les prix qui sont bien frêles,
arrivent à leurs oreilles,
débouchent sur une île,
sans brise et sans mistral,
ils vivent solitaires,
astreints à toute corvée,
astreints aux coupes amères,
blanchissent leurs cheveux,
aux teintes les plus claires.
Orvets, qui dans les nids,
arrivent sans répit,
rampants dessus les lits,
longeant lentement les flancs,
lapant dans les soucoupes,
le lait pour les enfants,
combats qui ne finissent,
combats que l'on ne goûte,
la route est cloutée,
ils feignent de se taire,
chuchotent tous complices,
se tissent en matière,
les têtes se raidissent,
toujours et bien pour plaire,
complices en prières,
composent et se maudissent,
les armes bientôt tombent,

les corps qui sont bombés,
des ombres qui les plombent,
les corps vont se coucher,
atteints au plus sacré,
arqués dans leur secret,
sans cris, et sans accrocs,
sans cartes et sans monnaie,
on sauve l'apparence,
on sauve avec des mots,
inscrits intraduisibles,
croyances sans sanglots,
croyances incorruptibles,
à l'aide de cadeaux,
à l'aide de cadences,
instances affairées,
gâteaux et puis, gelées,
gâtées et repliées,
fardeaux enfarinés,
qui pèsent quand on pense.
Les foules qui s'étreignent,
les foules qui trépignent,
et baignent dans les signes,
les songes et les enseignes,
ces foules ne se plaignent,
ne vivent en vérité,
car elles n'ont pas de vigne,
les rues sont les ruées,
huant et écharpant,
prenant tout le contrôle,
des âmes et des isthmes,
hissées sous les séismes,
ayant perdu un rôle,
ayant perdu leur rang,
ayant perdu leur cran,

les âmes sont ignées,
en couches de lignite,
en couches ligotées,
les heaumes assommés,
les hommes cimentés,
au fond de villes folles,
frôlés au bout d'un fil,
ne peuvent aller vite,
lovés dans leur argile,
esclaves d'ustensiles,
lovés dans leur argent,
leurs mains ne sont agiles,
galets égalisés,
aux manches et aux machines,
aux haches et aux usines,
aux planches et aux vitrines,
aux chaînes dans la mine,
usés et avachis.

SIGNES DE CROIX

En s'étendant les bêtes,
rapidement enfantent,
et fêtent leur entente,
furtive.
Idoles odorantes,
idoles indolores,
la houle indolente et molle,
dort en soulevant ses ventres,
et ses corps.
Adorez donc, or,
foule indigente et possessive,
adorez lézards,
si las et élastiques,
en bronze astiqué,
et décrochez vos griffes caractéristiques,
sans bâiller,
adorez, mirez,
admirez, marauds,
le ciel au repos.
Ce ciel se déplace,
et sa face plausible,
passe, entre les rameaux,
admirez la nuée,
admirez sa naissance,
admirez donc, sa science,
céleste et indivisée,
et mirez-la, dorée,
et mirez le mordant,
admirez-en le dénuement,
la nuque inclinée,
tournez-vous vers ce sol caduc,
indéfiniment,
admirez aussi haut,

les espaces et leurs mots,
les nuées qui s'exposent,
en ces traces,
les ocelles oscillantes,
et les cadences lentes,
qui appellent, et qui passent,
offrez-vous, sages,
face à ce paysage.
Adorez, mirez,
Adorez, monts ronds,
Admirez, armées,
qui grondent et sont gonflées,
admirez fantassins,
frappés à l'effigie,
de votre destin,
cette fin-ci.
Les signes se baignent,
et ils saignent pourprés,
les êtres indignes,
se ploient à ses pieds,
adorez, ornées,
adorez, narines,
la fleur de cette farine,
admirez, la flotte étoilée,
la marine,
et mirez ses battements,
et mirez tout ce chœur,
cette nappe,
ce courant,
qui rejette ce qui ment,
parfois pleure,
extirpez du troupeau,
extirpez de la trappe,
extirpez de ces tripes,

ses mains et sa grappe,
avec, quelques tulipes.
Agrippez mourants,
et mirez moribonds,
étrange est le mont rond,
mirez, vêtus d'humbles oripeaux,
sans chapeaux,
et mirez ses mérites.
Admirez sans répit,
admirez sans repos,
ce mur beau,
fleuri de marguerites,
et voici ses guérites,
et voici ses marmots,
et voici ses pinsons,
issus d'un même linceul,
et d'un même son,
au fondement de la création,
ils forment un pont,
ils forment un treuil,
ils forment les troncs.
Adorez rameaux,
adorez muraille,
et mirez ses rimes,
et ses coteaux sans faille,
et le fruit des entrailles.
Admirez le mirage,
adorez ses rameaux,
adorez ses ramages,
et son rang,
et ses mots,
et son langage, lent,
adorez cette rumeur,
adorez de la fleur,

et le fruit, l’abricot.
Adorez ermites,
adorez moineaux,
nourris de ses marmites,
avides de ses propos,
qui chantent au pupitre,
nourris à la mamelle,
adorez errants,
adorez iris,
sans titre et sans tréteau,
trahis par vos bruissements,
adorez tournant,
de l’âme, la gazelle,
portant ses victuailles,
vaillante, vaille que vaille,
de l’âme sur sa mule,
que suivent les corneilles,
qui porte ses corbeilles,
que suivent les corbeaux,
la chair de son lexique,
musique si précieuse,
le verbe se dissèque,
cadeau, et pierre pieuse,
le verbe qui suscite,
le verbe et son accès.
Adorez ibis,
adorez donc hautbois,
perdus dans le désert,
qui faites nos délices,
le dièse des soupirs,
que l’air exprime l’ire,
les isthmes en colère,
les aises et le désir,
césure des satires.

Adorez donc, abeilles,
au cœur de l'abbaye,
abeilles ébahies,
abeilles imbibées,
vêtues de leurs habits,
rayées du doigt béni,
de noir et de vermeil.
Le verbe se répète,
il part à la conquête,
il prête sa pensée,
prouvant sa vérité,
obstacle des obus,
obstacle des embouts,
obstacles accidentés,
qui claquent brutalement,
il heurte les tabous,
et ceux qui sont tentés.
Adorez lambris,
adorez, les brocs,
adorez trumeaux,
les gouttes tambourinent,
elles tombent des bois,
comme soieries,
les gouttes, en soirée,
retombent, inassoupies,
et sans aspérité.
Adorez les bruits,
adorez, les bras,
les bois se tendent vers la Croix.
Adorez les cris,
adorez, les croix,
multiples additions,
soustraites à nos parvis,
et aux parois,

adorez débris,
adorez, tout droits,
multiples soustractions,
qui s'étirant,
sans point d'appui,
et sans appoint,
sont rétrécies,
adorez, extraits,
adorez, extra,
la quintessence,
de ses secrets,
et de ses cas,
adorez contrits,
adorez, contrats,
adorez, grillons,
posés sur une paroi,
adorez compter,
en cette saison,
et en cette contrée,
adorez croquer,
et tout bas,
la croûte terrestre,
craquelée,
adorez, compas,
adorez, complies,
adorez, tractions,
adorez, fictions,
les contrastes de vos contractions,
et votre concentration,
adorez hospices,
adorez, lapsus,
adorez, espèces,
adorez donc la paix,
adorez, pucerons,

qui envahissent,
les roses, et la fourrure des chats,
en mai,
des pattes au menton.
Adorez la pause,
adorez l'état,
adorez, les strates,
statues, qui lui tendez vos bras,
esthètes et artistes,
croisant l'autre voie rude,
et les cailloux bistres.
Adorez, bergères,
adorez, bandits,
adorez, baudroies,
ruminant vos langues,
étranges et berbères,
à trois,
adorez donc, oblats,
adorez donc, accès,
adorez donc, excès,
adorez donc, exacts,
et faites bien le guet,
cherchez-Le dans la rue,
cherchez-Le, à l'arrêt,
si nus, et sans apprêt.
Adorez, gardons,
adorez, gourdins,
adorez, grondins,
adorez, gredins,
ils tombent de vos mains,
car vous êtes des nains,
et mirez donc, parias,
vos chutes incongrues,
voici que sonne le glas.

Adorez rumeurs,
adorez, humus,
adorez, humains,
de toutes les couleurs,
mirez votre bonheur,
ses us et ses rébus,
admirez bosquets,
admirez, mousquets,
admirez ses réponses et son art,
surveillez les moqueurs,
vous, les cœurs, à l'écart,
admirez les remords,
les remorques,
et les morts qu'Il extorque,
et arrache et aux ronces,
et aux pleurs,
admirez, canards,
admirez, carcans,
admirez, corbillards,
corps bâillants,
gisant dans une mare,
la science de l'esprit,
conscience de ce vent,
il vient d'une autre vie,
réunissant les éléments épars,
adorez le vent véhément,
qui balbutie.
Adorez, cuirasses,
adorez, occis,
adorez, cuirasses,
qui répètent en vagues,
les reflets de ses grâces,
adorez, ses défenses,
adorez ses miroirs,

mirez le ciel en son enfance,
ou dans sa gloire,
adorez reptiles,
adorez, repentis,
adorez tout-petits,
adorez les stèles,
les stèles sont autels aussi,
et elles se haussent à l'envi,
les stèles que distille,
la ville impossible,
aux ailes qui sont cibles,
ses gerbes éclatées,
ses gerbes sont hantées,
Où fuir où se cacher ?
Où fuir tous les périls ?
Adorez, mirez,
adorez mausolées,
adorez, rameau,
adorez mirabelles,
brillant comme des émaux ou des lamelles,
la face arrêtée,
qui plante ses coteaux rebelles,
qui montre son côté,
allume les épées,
adorez, enseignes,
adorez vaisseaux,
les feuilles qui Le peignent,
en L'appelant tout haut,
adorez, ramures,
adorez, armures,
adorez ces murs,
ses membres et ses tréteaux,
aimez cette armature,
ils suintent son murmure,

ils suintent ses métaux,
ils suintent comme une mère,
palpée par ses bourreaux,
offerte à toute la terre.
Voici ceux qui Le saignent,
contents qu'il soit cloué,
voici ceux qui Le plaignent,
ils veulent Le voir régner,
ils veulent en être aimés,
ils veulent en être ornés.
Adorez aïeux,
et odorantes feuilles,
adorez et cueillez,
car les fruits se recueillent,
mystérieusement créés,
adorez couronnes courroucées,
issues de sa pitié,
adorez écureuils,
déchirez vos panaches,
et tâchez de le suivre,
archers décrochés,
vous, qu'Il fait vivre et vibrer,
abaissez votre orgueil,
ne faites pas de taches.
Adorez ouragans,
et mirez vos outrages,
gesticulant,
adorez et mirez,
ridicules, en voyage,
ses vastes terres archivées,
et ses enchantements,
adorez sans être ivres,
adorez et vivez,
soyez verts,

sur la tige du livre.
Voici que les barreaux,
ratissent les rayons,
si pauvres et maigrichons,
vêtus de leurs lambeaux,
tracés sur les carreaux,
tracés dans les allées,
raidies comme des crayons,
voici que les bourreaux,
qui sont de bon aloi,
chargés de leurs fardeaux,
s'emploient à mettre en croix,
la Tête hérissée,
s'arrose de son sang,
le corps se raidissant,
hissé, accomplissant,
de taches achetées,
dans tout leur chatoiement,
le sacrifice aimant.
Voici que les bourreaux,
tirant à la gâchette,
de tout petits héros,
traités comme des bêtes,
découpent à la hache,
de rouges et larges taches,
sanglantes sur les mots,
voici les prisonniers,
jetés sur leur couchette,
au fond de leur cachot,
jetés sur leurs grabats,
jetés dans un fossé,
la fosse des crachats,
voici des corps meurtris,
couverts, et qui ne crient,

les longues et sourdes peines,
trouvées dans les bistrots,
laissant sur le billot,
laissant pour des billets,
leur tête qui est blême,
voici ces chrysalides,
nageant dans les cristaux,
qu'enveloppe un manteau,
perdues, le regard vide,
voici de ces mendiantes,
objet des dérisions,
la plainte si poignante,
quêtant devant les troncs.
Adorez, mirez,
adorez, murs hauts,
adorez milliers,
et mirez immobiles,
mirez sans remous,
mirez sans remuer,
admirez, mille métaux,
admirez, métiers,
admirez matières,
admirez, émus,
le monde sur ses tréteaux,
la sphère hermétique,
ce monde cylindrique,
construit de bières,
construit de mues,
et si touffu.
Admirez donc, marauds,
et mirez donc marmots,
ce monde et ses maux,
les riantes rizières,
et les clous,

frappant leur écho,
du marteau,
sur les trous.
Adorez, humains,
adorez, émus,
et tendez donc vos mains,
non, pour saisir votre dû.
Adorez râteaux,
adorez, radeaux,
adorez récifs,
adorez les rites oisifs,
adorez, oiseaux,
ces terres qui héritent,
de strates et de steppes,
et leur réceptacle,
adorez, eaux heurtées,
adorez, eaux rétives,
construisant les solives,
et les grands escaliers,
où coule, à flots, l'eau vive,
adorez les actes,
armées, ramez donc,
adorez cette abscisse,
reculez, abaissées,
et scrutez l'ordonnée,
et scrutez l'ordonnance triste,
adorez et mirez,
adorez, ne niez,
et mirez, ne riez,
adorez ces mariages,
et mirez, sans ombres,
sont ces mirages,
adorez cette orge,
et les rives des gorges,

et la fleur d'oranger,
cette fleur bien forgée,
adorez l'ouvrier,
adorez les vrilles,
et ouvrez les volets,
adorez les rayons,
adorez le réveil,
le vase vermeil,
la cruche du vigneron.
Adorez, odeurs,
ces vases de candeur,
rejetez les images sordides,
adorez en rêvant,
et rêvez éveillés,
rivez les rêves vacillants,
de vos fronts éclatés.
Des bouches archaïques,
du voile sans concession,
il monte en ascension,
ictus de ces cratères,
extrait des créatures,
l'élan d'une supplique,
une force sans chimère,
le fruit de la passion,
le fruit sans ses fractures,
rictus ou conclusion,
le fruit sans consomption,
le fruit en ses fractions,
peignant de ce mystère,
peignant avec sa poigne,
le poids ou la misère,
les cris qui se déchirent,
les cris sont à décrire,
les chairs qu'un Être soigne,

les chairs à investir,
qu'Il panse et veut guérir,
qu'Il oint et puis qu'Il gagne,
à force de nourrir,
du pain de son désir,
le puits de nos plaisirs,
le nœud de nos révoltes,
la corde se desserre,
on obéit à l'ordre,
et on y voit plus clair,
on fuit les profonds troubles,
et la parole double,
ses termes si peu fiables,
cousus comme une fable.
Voici qu'il faut choisir,
le pain qui est disert,
celui du vrai désir,
le pain qui se fait chair.
Adorez dromadaires,
adorez, ne dormez,
flairez ce fleuve,
ce fleuve n'est à fuir,
à pied dans le désert,
portant sa robe neuve,
sa robe qui ne s'altère,
la robe des épreuves,
ce qui ne devient vert,
le fil qu'il faut chérir,
et suivre comme le lierre,
été comme hiver,
et qui ne peut mourir.
Juste mont, triste et beau,
où tombent les trombes d'eau,
voici le signe élancé et haut,

la croix croissante, sans arrêt,
la croix sans ses accents,
et sans accès.
Adorez, mirez,
adorez sans murmure,
adorez, ne raillez,
car l'armée est vaillante,
les blessés sont sans râle,
que ses bras vont relier,
que ses bras vont élire,
abreuver d'élixir,
ses buissons se blottir,
ses brasiers s'embraser.
Adorez mourir,
admirez mourants,
l'étendard de ses champs,
ses formules, ses soupirs,
arides arias,
qui nous ouvrez l'oreille,
régnant sur les tibias,
et nous donnant conseil,
orient de nos pupilles,
appel qui est riant,
appel qui se pointille,
et guide enfin nos pas,
nous guide dans les clans,
accents, qui, circonflexes,
entraînent les plus perplexes,
au vent qui est en poupe,
levant leurs blanches houppes,
regardez ce drapeau,
attendez le départ,
regardez l'étendard,
attendez la victoire.

Adorez sur les pentes,
adorez, bien plantés,
adorez l'épouvante,
et mirez hébétés,
et mirez, ahuris,
ramez donc, les ravis,
ramez donc et hurlez,
les mourants se répètent,
les mourants se repentent,
de leurs fautes abjectes,
et parfois de dépit,
réclamant un répit,
adorez et dormez,
adorez, vous vivants,
adorez en mordant,
et daignez goûter dignement,
les grappes qui grésillent,
les groupes de groseilles,
les groupes de torsades,
les muscles de la treille.
Adorez, monts marron,
adorez, mûrissants,
répétez à haute voix,
son Nom,
décomptant chaque pas,
décomptant chaque pont,
les huppes et les échalas,
laissez les ingénus nuages,
agir comme des images,
et la neige cinétique et mue,
se résorber en équations chimiques,
les saints sont immolés,
les saints sont laminés,
les saints sont minéral,

leurs âmes sont lamées,
adorez, lamas,
adorez, lumières,
le sens excentré,
les haches sont lâchées,
archets, chapitres,
tropes et pieds,
troupeaux, charpentes, échappées,
gémissent arrachés,
adorez, brebis,
adorez, ergots,
adorez brebis,
débrouillant vos grelots,
adorez, gribouillis,
le bruit de leurs sanglots,
adorez vos débris,
les bris adorent les brocs,
les gris et puis les gros,
adorez brebis, ne braillez,
débraillées,
ne braillez, ébranlées,
adorez, grisées,
adorez, grandies,
adorez, les buis,
adorez, benêts,
adorez, bénis,
et rêvez, invalides,
ravissements ailés,
les tombes violettes,
et la puissance du vide,
les tombes livides,
saisies de conscience,
et violentées,
elles pensent à leur dette,

elles veulent s'en acquitter,
elles veulent être prêtes,
et se montrer,
ces tombes se lèvent,
en sa présence,
adorez, puissances,
ces tombes se livrent,
et elles livrent leurs antres putrides.
Mirez ravins,
ramez, marins,
ravis, armés,
aimez gravir,
aimez mûrir,
aimez grimper,
aimez gravir,
Tympans, tremblez,
des troupes attrapées,
des troupes, qui, instruites,
enfin, sont bien conduites,
enfin sont entraînées,
tympan trompeur,
instant unique,
tympans, tombez,
ne triomphez,
tympans tapis,
traîtres ou trahis,
treillis bombés,
velours des trompes,
trépied des bruits,
tremblez, vibrez,
trempés d'acier,
vitres brisées,
barrissements barbares,
éparpillement des cris,

comptez, incantatoire,
le bruit de la bouilloire,
ses hymnes assourdis,
ses gouttes sécrétées,
la pointe d'un ballet,
la plainte d'un bruissement,
qui tout en polissant,
repousse sur le flanc,
poussières du chevet,
pensées de fin duvet,
la plainte anxieusement,
dans l'axe, bien tendu,
ses masques impromptus,
les gouttes, sécrétion,
et successions, issues.
Les murs portent des plinthes,
ils marchent sur la pointe,
les murs et portes peintes,
les murs sont tous obtus,
leurs angles suraigus,
les angles où se tapir,
frémir, rester coincé,
les angles d'où surgir,
jaillir, être traîné,
la cire en sanglotant,
les gouttes des sarments,
les gouttes de son Sang,
la sueur est désarmée,
jaillie du cœur du bois,
qu'on pince en le serrant,
la chair est chevillée,
la nuit dans ses clairières,
le jour dans ses charniers,
la cire apprivoisée,

du cœur des framboisiers,
la cire est prisonnière,
échappe à toute clarté,
les murs ont des artères,
mais pas d'altérité,
ils ont de la hauteur,
ils forment contrepoids,
enferment de parois,
la peur tenue au froid,
supporte son couvercle,
ses cercles et ses haltères,
soupière concentrique,
reçoit tous ses cailloux,
les ondes cylindriques,
qui font qu'elle ne bout.
Les angles ont des arêtes,
les tringles des rideaux,
et forment des goulots,
étranglent toute bête,
la soupe est aux poireaux,
les plaintes en triangle,
les plaintes ont un timbre,
les plaintes ont un son,
poussées comme des cintres,
au fond des penderies,
elles montrent qu'il faut craindre,
penser à la leçon,
car il n'y a pas d'abri.
Les bruits viennent des lambris,
les bruits viennent de souris,
du moins, le dirait-on,
de bois qui sont pétris,
de vent dans les moissons.
Les plaintes ne conspirent,

elles n'ont que ce regret,
de ne pouvoir agir,
elles paient pour se subir,
les portes se déchirent,
de plaintes qui descendent,
composent des motets,
que l'on ne peut comprendre,
composent des méandres,
on bouche les oreilles,
on ne veut pas entendre,
les yeux ont des écailles,
car on ne veut pas voir,
tous ceux qui pleurent le soir,
entrailles qui se vident,
les voix qui se surveillent,
s'entraînent à travailler,
trichant dans les parloirs,
trichant à la lumière,
cachées par un mouchoir,
penchées sur un papier.
Possible stagnation,
la bouche insoluble,
la bouche sans sanction,
la plainte si limpide,
les mains qui sont au guet,
en face du baquet vide,
la plainte d'habitude,
la plainte qui s'ébranle,
à cette latitude,
se laisse peu surprendre,
elle suit son chemin de croix,
elle marche sans tourner,
se garde des côtés,
courbée sous tous ses poids,

elle marche en équilibre,
et tâche de vibrer,
les cordes sont sensibles,
et sans servilité,
elles crient dans le même ordre,
tendues, non irascibles,
en rang leurs vocalises,
elle crient coalisées,
la plainte enfermée,
ne cherche pas d'issue,
elle sait qu'elle doit rester,
toujours, toujours contenue.
Les âmes qu'on macule,
portant leurs amulettes,
qu'on vole ou qu'on inquiète,
de force et sans scrupules,
au feu de l'allumette,
ces âmes ne reculent,
elles vont en tenant tête.
Elles ne veulent pas jouer,
elles veulent jouir du maître,
L'aimer, le posséder,
pousser comme des hêtres,
Le suivre sans écart,
et même écartelées,
du soir jusqu'au matin,
elles veillent au plus tard,
et sans désespérer.
Le maître pousse, doucement,
le jour sur ses charnières,
il passe en rêvant,
sa main sur sa volière,
en compte les moineaux,
écoute le bruissement,

qui coule comme un ruisseau,
agrippe les cheveux,
réveille enfin les sots,
allume enfin le feu,
éclaire la lisière,
les livre à leurs jeux,
en proférant un vœu,
il dit une prière,
il souhaite qu'ils soient heureux,
ne quittent pas le père.
La pluie s'épanche sagement,
elle parle de gouttières,
canaux et herbes tendres,
elle donne le feu vert,
elle donne un élan,
oublie toute barrière,
les gouttes lentement,
se forment comme des glands,
volière s'égosillant,
elle compte fraîchement,
sans se lasser de fendre,
la terre non avertie,
se laisse peu surprendre,
elle dresse son oreille,
reçoit sans bien comprendre,
elle entre dans la vie,
secoue tout son plumage,
échappe à l'orage,
écoute et surveille,
les signes et leurs messages,
observe l'aube suave,
agite son cheptel,
la terre devient orange,
les herbes la chatouillent,

citrouille qui ne change,
à peine, elle se mouille,
la vie devient grouillante,
insectes de toutes sortes,
qui portent et dissèquent,
le fleuve des aortes,
le pouls régulièrement,
heurté de contretemps,
le sang dans les remous,
chassé dans le courant.
Adorez, monts ardents,
le rabot de vos raides cheveux,
qui barbotent au vent,
et l'horizon brumeux,
adorez, monts ardents,
le rabot de vos raides cheveux,
qui barbotent au vent,
et le réveil bruyant,
la barrière des eaux,
le rabot et ses ailes,
arrachant les copeaux,
et les arbres en chapelles.
Adorez, monts ardents,
criblés de taches de rouille,
vos fronts branlants,
s'embrouillent,
adorez, mordantes fripouilles,
chapelle si ardente,
charpente qui appelle,
voici qu'enfin, elle chante,
voici qu'elle martèle,
et tout en elle répète,
des feuilles aux bambous,
des branches bout à bout,

la prose bien concrète,
un chant bien à son goût.
La chapelle parfois, se cache,
tapie entre ses taches,
ses feuilles et ses failles,
voici qu'elle regrette,
les tours, les escaliers,
les flèches où grimper,
d'où l'œil survole et veille,
les souffles qui l'assaillent,
et taillent les peupliers,
tout en huant,
le vent remue,
cheveux filant,
la ruche mue,
les mèches se mouchant,
follement,
les feuilles se renient,
en ricanant,
arquant les branches nues,
se ruinent en enfantant,
des touffes et des troncs,
des strophes et des traînes,
des souffles burinés,
de leur profonde haleine,
offerte aux narines,
aux mains qui se promènent,
de par leurs étamines.
Voici que sont repeints,
les angles et les stucs,
les aqueducs étreints,
et la chapelle se cache parfois,
lentement savoure,
les chants et les discours,

la chapelle parfois,
se cache dans un coin,
s'afflige d'être tombée,
s'afflige d'être nette,
s'afflige de bouger,
de n'être pas parfaite,
elle fouille dans ses malles,
et cherche une dépouille,
l'oiseau qui ne gazouille,
au creux d'un hiver gris,
fermant toute gargouille,
la bouche à l'abri,
la plus petite fourmi,
la plus petite balle,
ne fait de pirouettes,
parfois, alors elle marche,
à grandes enjambées,
en traversant le blé,
traverse les trouées,
traverse toute en transe,
le sens des girouettes.
Adorez, monts ardents,
le rabot de vos raides cheveux,
qui barbotent au vent,
et le soleil brûlant,
le rabot rase vigoureusement,
vos voûtes cendrées,
ébranlées par la puissance,
du couperet,
la volonté qui boute.
Adorez, monts marron,
adorez, marmonnements,
adorez, monts murés,
et les buttes,

le retable angélique,
où se jouxtent les flûtes,
et la science ineffable,
l'établi,
la charpente blottie,
les béliers, les bambins, les bambis,
les copeaux accouplés,
détachés des ciseaux,
et les clous sont des clés,
et les clés des oiseaux,
mais les clous sont occultes,
et le bois est sculpté,
le rabot qui exulte,
le rabot les ausculte,
les soupçons disculpés,
et les clous qui délivrent,
et les clous sont d'acier.
Qu'elle dise,
leur diction parfaite,
les sections qui se brisent,
des frises, et leur requêtes,
les grandes et hautes statures,
le sphinx, la sépulture,
les ombres au paysage,
la fixe rigidité du lynx,
la voie et ses mirages,
perdue dans ses parois,
perdue en mille visages,
les chattes qui chuchotent,
en se léchant les pattes,
les jeux au fond des grottes,
les choses dans les boîtes,
et tout ce qui se dissimule,
et tout ce qui inquiète,

et tout ce qui nous brûle,
nous rend semblables aux bêtes.
Adorez, monts marron,
et le rude sermon,
le discours sans fortifications,
sans raisons, ses symboles, ses figures,
adorez la croix pectorale,
enveloppe du voile spectral,
traquant sans trucage,
le vrai visage du bois,
le signe d'addition,
qui multiplie les poids,
le signe effectif,
et affectif,
qui fortifie vos fronts,
racine extraite,
et sans raisons,
soustraite à toutes conditions,
on brille, on crée,
on naît, on meurt,
avec plaisir, avec douleur, avec bonheur,
de toutes pièces et constructions,
sont les projets, les décisions,
que l'on élève et abaisse,
chacun, à une certaine heure,
sans discussion, à l'addition,
ces signes sont légions,
infimes fragmentations,
et proportions de lignes,
racines extraites des collines,
et sans raison.
Ce front extraordinaire,
qui lui, se prête alors,
sans disjonctions,

aux morts,
en suscitant leur transfiguration,
vision éternelle,
le spectateur écoute,
l'inspiration expire,
et les cloisons se scellent,
et les cloisons se cloutent,
le spectateur, assis,
de la montagne sépulcrale,
voici qu'il lit le sens des salles,
et il ne doute,
il suit ce qui transpire,
dans une absence,
de toutes parts,
en chaque partie,
affluent et coïncident,
les points des cartes et des guides,
et ils prennent sens,
l'épreuve des apprentis,
est établi de preuves,
épreuves qu'on arpente,
étapes si candides,
les veuves épousailles,
cherchant en vain l'issue,
cherchant en vain la fleur,
cherchant en vain l'appui,
cherchant en vain la faille,
cherchant en vain le centre,
cherchant en vain le plan,
le fruit de ces semailles,
cherchant dans le transport,
cherchant dans le travers,
des bois et puis, des pentes,
des pentes qui font corps,

le Verbe vrai, fait chair,
le Verbe qui est vert,
le ciel se réalise,
développe en virtuose,
la planche virtuelle,
les couches sont d'ozone,
il ose, le Pasteur,
caché dans la zone d'ombre,
développe l'ample douceur,
manteau de toutes couleurs,
aimant les choses sombres,
aimant les choses claires,
voici de son cratère,
le fond du Créateur,
et même sans poussière,
il fronce chaque fleur,
il crée en architecte,
arbitre le débat,
débite tout son bois,
les litres et les mètres,
les lettres,
il les arbitre,
débite toutes ses eaux,
au son de son tonnerre,
coulant dans le silence,
débite tous les verres,
ruisseaux de transparence,
débite des sanglots,
de lourds et ronds tonneaux,
il voit derrière la vitre,
les ventres et leurs combats,
les yeux qui sont opaques,
où n'entre plus de joie,
et ceux qui se dédisent,

acteurs ou bien passifs,
ils ont toujours dix doigts,
harpies qui se repentent,
et pâles réparties,
arpents qui se répètent,
la terre ne finit,
la terre nous échappe,
abîme sans sa tête,
elle n'est que toujours plate,
l'abîme ne se possède,
il happe toute crête,
il happe même l'envie,
emporte les paroles,
emporte les casquettes,
articles cylindriques,
les hydres et les critiques,
les rôles et même l'éthique,
ils tournent autour du sens,
vestiges et vides cosmiques,
la peste bubonique,
villages et plis terrestres,
ouvrages sans raison,
discours et politique,
empreints de politesse,
empreints de précision.
Il fonce cet azur,
si pur dans sa passion,
il fonce avec ses serres,
un aigle au bec dur,
il fonce comme la pierre,
lacère la reliure.
Adorez marmonnements,
monts marron,
du même ciment,

est le rude sermon,
sans sanction,
et, ils choisissent leur rédemption,
ceux qui, fractions,
de même glaise,
unis au centre des églises,
se glissent et se taisent,
concentrent sur le bois,
concentrent dans le froid,
les forces de la foi.
Adorez, monts ardents,
criblés de taches de rouille,
qui revenez bredouilles,
arrivez bras ballants,
après vos courses folles,
charmantes, mais sans valeur,
qui revenez chantantes,
qui revenez sans rôle,
ou bien toutes en pleurs,
après de longues fouilles.
Adorez monts haletants,
sortis de vos geôles,
couverts de vos girolles,
couverts de votre hâle,
qui revenez à temps,
après bien des spirales,
ne perdez pas la boule,
et conservez vos plans,
au pied du protecteur,
au pied de l'escalier,
la chape vous protège,
des sortilèges impies,
de tous les prédateurs,
de piques et de pressions,

impropres imprécations,
bastions de discussions,
où compte la pesanteur,
où compte la facture,
ses grâces et ses figures,
le cœur lui, n'en a cure.
Adorez, monts galants,
adorez vos galetas,
adorez les élans,
adorez les ébats.
Aspirez, saphirs,
et souffrez, en offrant,
le phrasé, des soupirs,
et le souffle franc,
mirez, safranés,
ouvrez-vous,
aux enchantements de la cire.
Un cœur sans purification,
écoute les percussions,
formules et formats,
les formes du sabbat,
fulmine et diffame,
déforme et élimine,
n'allume pas de flammes.
Ils dorment, affamés,
ces cœurs si fainéants,
ils dorment assurés,
reposent dans des urnes,
des urnes abandonnées.
Adorez, moutards,
adorez, moutons,
adorez, têtards,
adorez, boutons.
Voici qu'ils dissimulent,

leurs actes et leurs forfaits,
à l'ombre des nuages,
où tout est bien secret,
soustraits à son visage.
Adorez donc, bandits,
et mirez d'abondance,
le fond de ce lit,
ce fond qui se pense,
ils croient qu'en attaquant,
pesant de leur matraques,
ils trouveront le champ,
au prix de la tactique,
au prix de la violence,
aux prix de plusieurs trous,
ils croient qu'ils ont le temps,
trempant dans de la boue,
violant dans tous les camps,
volant dans la boutique,
les mains tachées de sang,
ce sont des loups qui cherchent,
et veulent remplir leurs poches,
à l'aide de leurs perches,
à l'aide de leurs croches,
à l'aide des critiques.
Adorez, mirez,
adorez, bandits,
la face plausible,
qui se déplace, jour et nuit,
dans les vents alizés,
dans une trouée sans trace,
la tache bleuit sur le blé,
et l'espace est paisible,
et l'espace semble un sac,
les nuages enlacés,

aux multiples possibles,
les espaces espacés,
dont les pas se déplacent,
et les lys sont restés,
debout dans la prairie,
groupés en kyrielle,
chargés de leurs détresses,
chargés de leurs abeilles.
Cette face est transparente,
poignante et polie,
s'épanche ou se tait,
trempée de tous ses traits,
changeant toujours de gris.
Des fentes de cette toiture,
des fentes des lézardes,
du ciel qui s'est fardé,
ou bien couvert de marbre,
ou bien couvert de hardes,
les gouttes de son miel,
elles viennent nous toucher,
elles viennent nous embaumer,
elles viennent nous attirer,
nous prennent en capture,
et au printemps,
les oiseaux chantent,
les champs se plantent,
en pente lente,
et en pâtures,
où patiner.
Champs de platine,
époustouflants,
champs de luzerne,
pantelants,
où des lucarnes,

dans leurs cernes,
vont bâiller,
champs de lucarnes,
qui complotent en secret,
champs de comptines,
qu'on butine,
où les machines,
vont broyer,
champs où l'on dîne,
champs de chandelles,
ou bien ondées,
et qui s'inclinent,
champs de carême,
où le soleil,
farce tragique,
peut briller,
champs qui s'astiquent,
fuite de pastèques,
champs ascétiques,
sources hydratantes,
sources antiques,
qui se décantent,
champs de sceptiques,
où le soupçon,
et la dialectique,
tournent en rond.
Voici, vieilles crécelles,
la faim qui vous harcèle,
assis, vieux incrédules,
voici, le pain rassis,
ulcère, qui ne nourrit.
Ils règnent en refusant,
le signe d'addition,
qui multiplie toutes ses fractions,

qui multiplie tous ses fragments,
montrant son front,
et son froment,
et se nommant.
Voici les gestes songeurs,
le gisement céleste,
où vont braillants et somnolents,
brebis bredouilles, et imberbes,
après de longs détours,
au fond des herbes,
toujours en reculant,
criant, enfin,
et appelant,
le Père frémissant.
La couche des nuages,
froissée dans son sommeil,
s'écarte en s'espaçant,
le Père est un froment,
qui s'affirmant,
frémit en les voyant,
qui partent,
brebis qui, égarées,
se sont tant éloignées,
la geste angélique,
des tiges désinvoltes,
s'apprête sous la faux,
et tombe à la récolte,
comme les vieilles reliques,
comme les vieilles personnes,
comme les vieilles peaux,
voici dans les nuages,
les douces et moutonnantes toisons,
leur partition si calme,
qui joue de ses crayons,

et pose dans les roues,
le centre les rayons,
voici la voie étroite,
la raide et dure charpente,
la voie où chacun boite,
s'escrime sur la pente,
se fixe avec l'écrou.
Voici les gestes languissants,
la langue liturgique,
les langues ingurgitent,
s'expriment lentement,
les langes et les linges,
les anges sont si lestes,
ils sucrent avec un zeste,
la langue est la flèche,
le feu y met flammèche,
le ciel est une île,
les ailes s'y reposent,
les rôles, là, sont frêles,
les rôles ne sont roses,
les anges sont agiles,
pourtant prient immobiles,
ils prient et sont fragiles,
toujours, toujours tout bas,
jamais, ne seront las,
les distractions multiples,
offertes à leurs yeux,
nombreuses antilopes,
espèces qui galopent,
les rendent bien curieux,
ils suivent du haut des cieux,
les longues encolures,
éclairs de la colère,
zébrant d'une brûlure,

la marque des carrures,
les traits de caractères,
le marbre des carrières,
fractures et fracas,
factures et tracas,
tonnerre et rébellions,
persécutions imaginaires,
délires et afflictions,
conspirent en déraison,
mégères, interjections,
mégères interminables,
les airs abominables,
où nagent les vampires,
où flottent nœuds de vipères,
où flottent les images,
comme de faux navires.
Adorez, cauteleux,
sortant vos coutelas,
la queue des nuques,
tombe là,
elles tombent froides et caduques,
devant le bois.
Adorez, galeux,
perdus dans vos galas,
vos jeux de quilles, de cartes,
de cancrelats,
ils offrent de fausses messes,
perdus au sein des masses,
jamais ils ne s'abaissent,
se plaisent aux bassesses,
ils blessent avec leurs armes,
y mêlent les sarcasmes,
ils aiment prendre place,
ils aiment bien la chasse,

ils disent et aboient,
ne peuvent se tenir cois,
ils aiment être chaussés,
et aiment seul, l'aspect,
ne remarquent,
ni les choses vraies,
haussées,
les beautés chastes,
et, dans l'aridité,
les vastes desseins arrêtés.
Or, hêtre de l'oratoire,
paraître prémonitoire,
or, arceau de promesses,
paraître emblématique,
placé par l'innocente main,
Tu les plains.
Ils contemplent les clous,
en restant sereins,
comptent les coups,
à point,
ils aiment les mensonges,
amendes et puis poux,
se vendre pour des songes,
tapis comme des hiboux.
Or, arceau de promesses,
paraître emblématique,
face aux propos blasphématoires,
or, Bois, buissons de Croix,
au vent, point éventré,
t'évertuant à nous aimer,
tu ne vends pas la foi.
Ouvrez la herse,
la flamme se concentre,
l'effluve se déverse,

elle brûle sans consumer,
elle brûle sans consommer,
car elle n'a point de ventre,
elle brûle de faire comprendre,
en brandissant sa clef,
cette clef, elle est offerte,
et certes, on peut la prendre,
serrures, ou bien pont,
cylindres, et qui tremblent,
les feuilles sont exsangues,
les feuilles sont augures,
dessinent des figures,
les feuilles gyrophares,
nous montrent une gare,
une destination,
et une portion,
de l'offertoire,
la langue est péremptoire,
violente ce prétoire,
ordonne et sait compter,
cette langue est vérité.
La langue est pierre d'angle,
poussant comme un poirier,
aspect d'un promontoire,
rocher et puis refuge,
la terre et la fourche,
apprennent à contourner,
le front et le déluge,
en couches retournées,
ses dons et sa pensée,
son poids et ses succès.
Assise à son banc,
voilà la vraie justice,
justice sans couronne,

elle donne et pardonne,
elle marche à travers plaies,
elle marche à travers plans,
justice qu'on contemple,
justice qu'on attend,
qui entre en résonance,
avec nos défaillances,
avec nos contresens,
en heure, lieu et temps.
Admirez,
adorez, mirez,
adorez, monts ronds,
adorez rôder,
adorez radeaux,
et haridelles,
la frange du rideau,
le puits et sa margelle,
adorez arbrisseaux,
adorez, balancelles,
adorez ses baisers,
la fuite du récit,
où le Sauveur s'écrit,
la craie, qui le trahit.
Voici en leurs délices,
les eaux qui sont rêvées,
la chair, cet artifice,
emplie de souhaits concrets,
qui cède aux maléfices,
aux charmes du palais,
voici le tentateur,
sa lente séduction,
offrant ce qui nous plaît,
ses mots, sa précision,
il offre et il paie,

la langue est au désert,
la langue qui désire,
choisit ce qui est cher,
compare et déchire,
les choses exotiques,
et les plaisirs truqués,
la faute mise à part,
il sait si bien plaider,
propose une éthique,
en un langage de fleurs,
où rien ne diffère.
Adorez, roquets,
Adorez, racaille,
adorez, criquets,
adorez, rocailles,
adorez, voleurs,
adorez, volaille,
adorez, mouchards,
adorez, bagnards,
les signes sont mouchoirs,
les signes sont bougeoirs.
Que les anges vous transportent,
en leur patrie étrange,
que s'entrouvrent les portes,
et que les temps changent,
que les champs soient les poutres,
et les voûtes, le plan,
que les oreilles écoutent,
que les doutes soient passe-temps.
Pulvérisez l'écho,
faites apparaître le chaos,
pulvérisez l'éclat,
faites apparaître le coma,
pulvérisez le jour,

qu'apparaisse la joie,
le véritable amour.
Lambeaux,
éclairs qu'on serre dans un cœur lourd,
lambeaux de chair,
poussières sourdes,
muettes et sans paroles,
inscrits dans toutes nos cours,
inscrits sur tous les sols,
lambeaux, oboles de l'amour,
semblables aux lopins,
ne sont que des symboles,
images de ce Pain.
Pulvérisez les prix,
faites apparaître ce qui périt,
pulvérisez les pierres,
faites apparaître le tiers,
pulvérisez les pies,
faites taire,
ces âcres cris,
le sépulcre est barrière,
pulvérisez les pierres,
faites apparaître les paupières,
faites apparaître le Bois,
tournant sur sa charnière,
faites apparaître la chaire,
qui justifie la Voie,
le jour et ses ténèbres,
soudés en un combat,
que zèbrent les contours,
que s'ouvrent les grands cèdres,
frappés en un éclair,
tombant si verts et lourds,
que s'ouvrent les plus sourds,

que s'ouvrent les pontons,
les môles et les saisons,
le vent lui-même miaule,
ourlé de ses succions,
de folles aspirations,
et en perdant contrôle,
fait choir de leur grabat,
les hommes trop ingrats,
il traîne avec des grues,
et cingle dans la nue,
cadavres déchiquetés,
l'ouvrage de ses crochets,
après de longues crues,
le lit est réveillé.
Pulvérisez le lit,
pulvérisez le lierre,
pulvérisez la litière,
et tout ce qui s'est bâti,
faites apparaître,
l'image sévère,
et le suaire meurtri,
et l'usure du visage,
et la page sans envers.
Adorez, murmures,
adorez, moineaux,
les bigarrures,
et les ailes de son manteau,
adorez, corbeaux,
et mirez donc corvettes,
à l'image de vos bâtiments,
franchissant les crêtes,
le héraut applaudissant,
asperge le battant,
adorez, hautains,

adorez hauts tons,
les mariages mystiques,
des climatiques sons,
adorez, damoiseaux,
adorez, demoiselles,
l'admirable ciseau,
qui découpe ses sentinelles,
adorez bambous,
adorez, harpies,
adorez harpons,
dévalant de vos pieds,
aux tendons enflammés,
adorez prostrés,
pontifes,
et posez,
vos crosses dorées,
vos couronnes,
pauvres récifs,
évêques chavirés,
et chétifs,
adorez vachers,
avec dévotion,
élevez-vous, unanimes,
en maniant vos bâtons,
adorez la magnificence,
de votre foyer,
les écorces et les veines,
et l'écho qui se traîne,
lâchez vos haches, assassins,
achetez la charpente,
forcenés acharnés,
mâchant vos langues embarrassées,
et lentes,
avant que s'écoule la tache,

sanguinolente.
Adorez, torrents,
adorez, taureaux,
heurtant de vos cornes,
l'enclos,
adorez, enclaves rutilantes,
enclumes et marteaux,
esclaves, fraîchement éclos,
adorez, orants,
entrant et ressortant,
offrant vos mains.
L'imaginant,
offrant vos gens,
et ne geignant.
Adorez, naïves,
ces fugues qui enivrent,
n'ayez crainte de vivre,
et d'ouvrir le vrai livre.
Adorez, toquées,
adorez et mirez,
hoquetant,
ne troquez la sombre nuée,
de coléoptères,
attaquée au collet du parterre,
en tourbillons d'encens.
Adorez, pétales,
adorez, pistils,
adorez, pastels,
où donc ?
en quel cil ?
en quel autel ?
vos teintes reposent-elles ?
soufflez le sel,
souffrez l'exil,

souffrez le ciel,
adorez le dédale,
de ses doigts de cristal,
et l'appel de ses odes végétales,
et la pluie diluvienne,
et les vents les soutiennent,
et la pluie si divine.
Devinez devins,
devenez divins,
par degrés,
et grimpez,
l'escalier,
qui monte au tremplin,
ne sautez, c'est sottise.
Adorez, errantes haridelles,
et rond nid d'oiseau,
où plonge l'hirondelle.
Adorez, mirez,
adorez, raides monts,
adorez, rudiments,
fragments de son sermon,
riches ruches de miel,
aux sèches articulations,
sans couverture sous le ciel,
et propres aux sépultures.
Adorez monts ardents,
adorez, radicaux,
adorez, accrochés,
construisez vos créneaux,
adorez, monts ardents,
et motets chavirant,
adorez, rayons,
adorez, riants,
le rayonnement si bon,

adorez, ricochets,
adorez les cachettes,
les rideaux crochetés,
et leur art agacé,
adorez ses lettres,
adorez l'alphabet,
messages cachetés,
offerts aux bêtes,
surgissant de l'éternité,
adorez son Rachat,
adorez ses regrets,
inclinez-vous devant les faits,
adorez, ammonites,
adorez, amulettes,
pièces numismatiques,
figures ciselées,
et vases authentiques,
clairs et nets,
adorez l'air,
et son parfum narcotique,
adorez, humez,
adorez carillons,
adorez clématites,
et clairons.
Adorez buissons,
crayonnés,
adorez clairons,
claires clarinettes,
sans frontières,
adorez barbares,
la scansion,
de ses chants si bizarres,
les capricieuses cymbales,
babillent,

des pièces, dans le brouillard,
et le métal, habille,
adorez, barbares,
qui conspirent.
Adorez bosquets,
adorez moutons,
adorez, marmots,
aux frimousses éveillées,
à plat ventre, couchés,
dans la mousse,
adorez oiseaux,
issus de vos nacelles,
et balançant sous la secousse,
vos douces ailes,
à l'arbrisseau,
entérinez sur l'avenir,
vos ailes, comme des volets,
s'ouvrent sur un soupir,
adorez sans peur,
ormes, aux formes de fleurs,
ne dormez, marmonnez,
mornes cornets de nacre,
ouvrez vos artères,
crustacés, incarnés,
capucines orange,
et cristallins cabochons,
veilleuses des anges,
et des poissons,
qui songent,
adorez la Passion,
adorez sa Patience,
adorez, l'impuissance,
ce qu'Il sent,
ce qu'Il pense,

et sa position.
Adorez poissons,
adorez, passeurs,
adorez, pasteurs,
adorez maçons,
construisant de truelles,
les trilles des treilles,
sans peur,
et le seuil des maisons,
vos mains enseignent et signent,
et passent et repeignent.
Devant le Peintre de l'absolution,
d'impatience, on trépigne,
adorez, faucons,
adorez, faquins,
coquins, calfeutrés,
de vos farces funestes,
orchestrant la fumée,
adorez et mirez,
grands dadais,
et grands daims,
gros dindons,
en damier,
accrochés aux graviers,
du piquant poulailler,
que les colombes,
roucoulent,
et roulent les ombres,
aux démarches carrées,
adorez, hiboux,
hululant dans la nuit noire,
face aux spectres du soir,
adorez, papillons pulpeux,
vos ailes prisonnières,

de volières en papier,
qu'agite la lumière,
épiez, primesautiers,
épiez, printanières,
épiez, jardiniers.
Adorez, monts ronds,
et franchissez les espaces,
par bonds,
adorez, rompus,
adorez, brisés,
adorez enfin,
en courbant vos fronts,
adorez, moribonds,
monts en rang,
des émirats armoriés,
mordant de toutes vos dents,
décorés, honorés,
la terre à vos pieds,
le terme interminable,
ses émissaires, son chancelier,
ses missionnaires, sans chanceler,
ses échansons, portant,
ministres solitaires,
les coupes d'ambroisie,
et la liqueur cramoisie,
aux troupes des sinistres,
aux troupes en faiblesse,
aux troupes en leur tristesse,
elles ne sont pas trahies.
Adorez donc, jasmins,
jasant aux mains,
sur les gazons géants,
l'agitation descend,
l'agitation ici prend fin,

ses bottes sont des nattes,
des taches de fausses notes,
toutes plates et ratées,
de fautes ordonnées.
Adorez dormir,
Adorez grandir,
et rapetisser,
adorez l'or,
adorez l'aube pommelée,
le heaume qui s'absorbe,
la forme modulée,
serpent d'arborescences,
où se concentre la croissance,
l'aube et ses borborygmes,
qui porte chiffres et énigmes,
en ses bruyères,
qui porte chiffres et énigmes,
en travers, dans ses trouées,
l'aube qui s'incruste,
et classe le croissant illustre,
accuse les dômes, à la hune,
les dunes et les colonnes,
en un unique idiome,
les cabrioles,
de ses corolles,
capsules capricieuses,
ouvrant tout grand,
toutes leurs geôles,
capsules enjôleuses,
les mousses se mâchent,
les masses se touchent,
et se cachent,
les mouches passent.
Adorez, oursins,

de vos aigres piquants,
et graves poinçons,
de vos crans de vos coins,
et vaccins sans façon,
adorez, oursons,
adorez, pataudsм,
adorez, pantins,
bercés par les bambins,
sous l'œil de ces badauds,
adorez moutards,
adorez boutons,
adorez têtards,
adorez chatons,
adorez catins,
sorties de vos cartons,
adorez donc, coquins,
aux rires concassés,
aux tours de mains, pressés,
adorez, métreurs,
adorez, mitrons,
misant sur vos casseroles,
les sauces et le jambon,
où les saveurs décollent,
au fond des palais ronds,
elles fondent et tiennent parole,
adorez occis,
adorez, chardons,
admirez, donc faquins,
la quintessence de ces biens,
et jusqu'au corps des partitions,
des ritournelles,
adorez, cocons,
adorez, coccinelles,
adorez, idoles,

adorez, ritournelles,
adorez, drôlets,
adorez, l'école,
adorez, coquelets,
adorez, coquettes,
adorez, piquets,
adorez, pompons,
plantés sur les bérets,
pommeaux de canne,
dans les cantons,
adorez, canetons,
adorez, pythons,
adorez, festons,
adorez, fripons,
adorez, fripiers,
adorez, bâtards,
la geste arpentée,
sous son rempart.
Adorez, tambours,
adorez, bourrées,
adorez contours,
adorez, courées,
le Battant,
ouvrant sur sa Bonté.
Manteau qu'on touche du doigt,
tiré par la ficelle,
la frange de sa voix,
marchant dessus les toits,
marchant dessous le ciel,
manteau qui nous poursuit,
reflux sur notre nuit,
manteau qui nous ravit,
manteau qui nous réveille,
nous fait gravir l'échelle,

emporte en un phaéton,
au bruit de l'escadron,
au bruit de ses chevaux,
qui cabrent leurs sabots,
leurs fers et leurs éperons,
emporte en un sursaut,
nos vies et tous nos rêves,
écarte les rivaux,
j'adore tes ruisseaux,
coupés à coups de ciseaux,
mouillés de tes noyers,
cheveux ensommeillés,
manteau qui en silence,
recouvre nos nacelles,
nous berce sans un bruit,
dans l'ombre des cadences,
condense en nos pensées,
le fruit de ta présence,
cette chose habituelle.
Voilà ce qui arrive,
amantes au pied des stèles,
contemplent les solives,
les points qui les constellent,
amantes qui s'embrasent,
attendent que le temps passe,
attendent l'Éternel,
car même en étirant,
leurs bras, et en courant,
le mur est vertical,
il donne le vertige,
la course horizontale,
ne mène qu'à des tiges,
à moins qu'elles ne s'égarent,
au fond de sombres nœuds,

serrées dans des garrots,
leurs gorges font des vœux,
à moins qu'elles ne se perdent,
au fond des villes folles,
coincées dans des geôles,
et supposées jouir,
sans voir jamais le jour,
sans joie et sans amour,
et sans avoir de rôle,
attendent de mourir,
n'attendent plus de vol,
et croupissant bien veules,
et croupissant bien molles,
vieillissent sans guérir,
veillant à se flétrir,
meurtries à cette école.
Voici qu'ils le refusent,
furieux, tous ces païens,
ils disent que le Pain,
est bon pour la poubelle,
abusent des plaisirs,
qui, découpant le temps,
en succession d'instants,
rendra leur fin cruelle,
à force d'obéir,
combler tous leurs instincts,
ils vont s'évanouir,
un jour, un blanc matin,
à force d'obéir,
avant que puisse surgir,
la faim et le désir,
avant que tinte bien,
le rituel signal,
le feu qui passe au rouge,

où tombe le pantin,
cassant tous ses ressorts,
le corps et ses refrains,
le corps est sans figures,
et l'angoissante fin,
et l'agonie qui dure,
le corps n'a plus d'accents,
peu fier, en cette ornière.
L'Article au rebut,
l'Article qui ne bouge,
s'impose à l'esprit,
la chair alors est crue,
elle apparaît entière,
dans toute sa nudité,
elle vole dans sa clarté,
elle vole notre poussière,
en employant la force,
nos gouffres, qui, béants,
assis, dessus leurs bancs,
nos gouffres en sont tombés,
sans restes et sans écorces.
La chair ne se rétracte,
par actes successifs,
elle va progressivement,
au bout du pacte unique,
avec l'éternité,
ce Dieu qui est statique,
offert, toujours donné,
le Dieu que l'on dénigre,
que l'on ne peut nier,
l'esprit lui, est grossier,
traverse l'apparence,
il est comme une herse,
se berce d'insolences,

transpire et se perce.
Voilà, pourquoi,
amantes éclairées,
de nuit, et puis de jour,
s'agrippent à la torche,
elles savent décrocher,
la lampe des nuages,
et, elles discernent dans le calme,
un trône décoré,
caché derrière l'image,
et entouré de palmes,
et tout en s'écorchant,
les mains souffrant,
de mille choses,
du porche et sa nécrose,
elles n'ont de cesse,
de croire, veiller dessus le Pain,
et d'écouter ce qu'il propose.
Sa voix paraît fluette,
ne semble pas au faîte,
ne tente pas de vaincre,
propose de ravir,
essaie de nous convaincre,
essaie de nous séduire.
A moins qu'elles ne se perdent,
au fond de villes folles,
traînées dans leurs carrioles,
de tous leurs membres grêles,
les gouffres vont ourdir,
complots, exclamations,
brûler les sens ardents,
aux boîtes, aux inscriptions,
trahir pour empiéter,
sur l'ordre déchiré,

et sans jamais compter,
choisir de s'étourdir,
sans voir,
et sans mémoire,
elles cherchent à oublier,
et tordent leurs mouchoirs,
souillées, désespérées.
Le champ des bagatelles,
le bris de chaque baguette,
brandit en balayant,
et l'âtre et le conduit,
et le voici sans vent,
la glace ou le glaive,
découpe sa conquête,
la glaise qui se tasse,
émet un bruit de bête,
les barques et les barriques,
les briques et les bacs,
les tares catastrophiques,
l'enfer est ce métal,
le mal se laminant,
matière translucide,
fouettée de l'étincelle,
le fil incandescent,
le flanc qui ne ruisselle,
le flanc condescendant,
l'odeur, ce que l'on sent,
le fer devient bijou,
le four est acajou,
le four d'où sort l'anneau,
le four et par magie,
la bague et le joyau,
pendant autour des cous,
aux doigts sont les courroies,

au cou, les grands colliers,
éclairent, calculés,
ils font beaucoup d'effet,
la canne les fait marcher,
l'esclave, aux clavicules,
frappé de molécules,
l'enclume, même, brave,
il bave, et recule,
chargé de ses entraves,
au fond des vieilles caves.
Les cannes en cancanant,
condamnent brutalement,
de chaînes coutumières,
hantées aux prisonnières,
sans air et sans lumière,
rhizomes arrimés,
le long de leurs échines,
au fond de la cuisine,
elles tiennent avec des vis,
elles tiennent avec du feu,
la terre glisse sous elles,
car il n'y a de pieu.
A l'ombre du manteau,
la terre est un préau,
promise, à propos,
choristes en exil,
au fond de vieilles villes,
malgré leur excellence,
existent sans carnet,
existent sans carreau,
elles sont sans vraisemblance,
à l'ombre de ce Christ,
et sourdes à son tableau.
Elles cherchent toutes un val,

où vole l’alouette,
les bois y ont leurs salles,
on court à bicyclette,
buissons, halliers et cols,
promises écolières,
vêtues de collerettes,
et à l’escarpolette,
cueillant toute primevère,
s’abritent du soleil,
reçoivent à la quête,
les pièces en quinconce,
les pièces octogonales,
dansant, caracolant,
ne connaissant le mal,
contentes et bien fières,
la cour pavée de dalles,
veillant sur les enchères,
enceinte de leurs jeux,
enceinte de l’entente,
enfants très peu friandes,
jetant leurs poignées de riz,
lancent des cailloux verts,
quand tout est bien appris,
aux têtes de hiboux,
au fond de la penderie.
Essences des haleines,
les bouches toujours pleines,
et blanches sont les dents,
les mains de porcelaine,
les mains qui font la fête,
couvrant toujours leur tête,
elles tiennent aussi prête,
la plus précieuse boussole,
au fond de la banquise,

déchiffrent avec foi,
les friches et le froid,
le sens de cette église,
le sol qui se déguise,
le sens de cette église,
mirant les arrimages,
les portes et les mirages,
la charte solitaire,
du ciel et des nuages,
et tour à tour, austères,
ou bien tournant les pages.
En place de bâton,
de blattes, de baldaquin,
montant à la saison,
voici toutes les fractions,
crayons qui au fusain,
rayons qui au fuseau,
chamarrent de décision,
la forme des desseins,
la forme des maisons,
le fond de l'intuition,
la forme des dentelles,
la forme impartiale,
les ciselures labiales,
aux ouvertures rebelles.
Octobre quoi qu'il fasse,
sa voix, quoiqu'elle ne baisse,
ne brise pas de tasses,
la nasse traversée,
octobre fait trinquer,
adroit, sans verre brisé,
referme les taquets,
toquant à tous volets,
troquant ses cliquetis,

ses rythmes si précis,
en de nouveaux procès,
en de nouveaux climats,
en de nouvelles tactiques,
et de nouveaux amis,
les vieilles étiquettes,
squelettes cachectiques,
tombant au cours des mois.
Amantes à cheveux roux,
amantes, aimez-vous.
Mirez et regardez,
le rêve éveillé,
le rêve tout planté,
le mont est remonté,
il ne fait pas la roue,
assis sur ses talons,
se tient comme un griffon,
ou bien agenouillé.
Les folles cavalcades,
la fougue d'embrassades,
les fausses rodomontades,
il grimpait sans effort,
tendu comme un jaguar,
il grimpait bagarreur,
soufflant comme un hussard,
gagnant de la hauteur,
il tend maintenant son dos,
creusé aux omoplates,
ses côtes que l'on tâte,
qui ont perdu leur or,
silence à cette heure.
Amantes à cheveux roux,
mirez et regardez,
le mont qui est si doux,

dénué de vanité,
le mont qui vient à vous.
Ne dites pas qu'il vente,
ne parlez pas de boue.
Tirées par une oreille,
le Doigt qui les surveille,
elles veillent sans rêver,
inspectent le coucher,
et l'aube sans sommeil,
le trône où il s'assied,
ce trône est vermeil,
la châsse est enchâssée,
les places occupées,
les chaises achetées,
se tournent à contempler,
au pied, dans les lichens,
la chaîne la plus saine,
là-haut sa vérité,
siégeant au-dessus des plaines,
siégeant en liberté.
Tirées par les oreilles,
rappliquent au spectacle,
leur cœur est réceptacle,
elles ouvrent leur demeure,
elles ouvrent leur clôture,
amantes, à l'imposte,
elles pleurent et ne se murent,
elles pleurent et ne ripostent,
elles tirent tout doucement,
elles tirent en l'embrassant,
elles tentent de saisir,
le coin, la couverture,
un pan de ce couchant,
un pan de cette pâture,

amantes affamées,
moulues comme des grains,
étreinte d'un seul geste,
le coin ne se retourne pas,
n'est point une simple veste.
Amantes dispersées,
aux quatre coins des voies,
qu'occupe le travail,
distraites de la croix,
que frappe tôt l'effroi,
amantes fatiguées,
longeant de chaque arête,
les rues qui se répètent,
nourries de crudités,
la ville se ruminant,
ne remplit point vos sacs,
ne remplit point le temps,
pavane dans la cour,
sa longue robe à jours,
et tout en caquetant,
retrouve son hamac.
Amantes qui rampez,
perdues parmi les paons,
les plumes à l'air niais,
ne rassemblez jamais,
au creux de l'épuisette,
le plus petit poisson,
la plus petite cueillette,
quittez ce champ désert,
ce champ est sans sillons,
ce champ hanté de chairs,
jamais il n'est couvert,
sinon d'imprécations.
Et ceux qui y ont cru,

sans précaution ni crainte,
en lui se sont perdus,
l'enceinte à mains nues,
fermant sur eux ses portes,
et toute leur escorte,
ils ont perdu la vue,
et toute leur escorte,
les sens pour ressortir,
et même le sentiment,
bâillant, ne connaissant,
les jours égaux aux nuits,
l'enceinte est géante,
agit avec sa science,
elle offre ses pontons,
elle offre ses panneaux,
toujours dans le même puits,
la crypte d'écriteaux,
conduite par ses démons,
conduit à des taudis,
la crypte sans poumons,
conduit au mal,
sans bruit,
emploie même l'interdit.
Elle offre ses bricoles,
recolle ses habitants,
clouant toutes ses rigoles,
et tous ses bons patients,
elle prend avec des pinces,
elle prend avec des gants,
elle pique avec des taons,
elle pousse ses antennes,
et de multiples doigts,
grimpant dessus les toits,
les mains s'ouvrent les veines,

à chaque pulsation,
pour l'une ou l'autre scène,
surgit une impulsion.
Amantes au murmure,
au chant, dans les sapins,
veillez sur vos antiennes,
fermez la porte au chien,
veillez sur vos cultures,
vos choux et vos lapins,
la cour est jacassante,
se charge de cocasse,
et toute chatoyante,
elle a bien plus de classe,
des tresses trébuchantes,
des choses si touchantes,
du verbe et de l'adresse,
le sens des conclusions,
du ton de la puissance.
Convives tout là-haut,
unis en un festin,
les voix qui se fracassent,
le bruit de la vaisselle,
ne trouble pas vos reins,
les trompes ne ferraillent,
sonnant comme rocailles,
les trompes sont en rang,
trempées comme de l'airain,
en rang, ne rugissant,
elles règnent, et ne raillent,
choisissent leur destin,
les cornes sont des conques,
les cornes sont cartels,
qui bornent cet écrin,
qui baignent cet autel,

distillent le cristal,
les acres du castel,
perdu au creux du ciel,
inaccessible aux mains.
Amantes embrasées,
elles trempent dans un bain,
les jeux et la gaieté,
retombent sur les bassins,
l'unique baladin,
en quête de donzelle,
ne trouve point ouverte,
la porte à son zèle,
rideau que l'on agite,
elles brouillent de leur métrique,
d'ombrelles somptueuses,
noyées dans les nuages,
l'image pathétique,
l'image fastueuse,
elles brouillent de leur métrique,
la piste aux critiques,
et tendent et emballent,
laqués, de beaux paquets,
courant le long des quais,
échappent toutes au bal,
évitent de faire escale,
échappent en balade,
échappent aux aubades,
et prennent le balai,
leurs doigts, leurs métacarpes,
tendus comme des harpes,
de frêles mélodies,
rieuses et ravies,
clapotent de leurs voix,
des airs imprévisibles,

perchés en haut du mât,
elles savent enfin gérer,
servir, cette lumière,
soumise aux paupières,
et à leurs chants guerriers,
et vaincre et l'emporter,
épaule contre épaule,
s'aider et s'oublier,
et fuir sans emporter,
les ruines hiératiques,
des villes désertiques,
ou bien trop étriquées,
triangles symboliques,
laqués de buis glacé,
où courent les péristyles,
où coulent les périphrases,
les pistes et les idoles,
les labyrinthes hostiles,
les files et l'emphase,
les libres pentes molles,
les langues étrangères,
les langues mélangées,
les langues qui se blasent,
et boivent aux verres souillés,
le vert qui est mangé,
happé par les barrières,
les ventres qui digèrent,
les dons qui sont gâchés,
elles savent essuyer,
du coin de leur torchon,
les ombres et les empreintes,
sur leur mémoire souillée,
ils sortent de ce porche,
en rang, chaque cochon,

en rang, chaque chenille,
en rang, chaque chaînon,
elles lavent à l'eau pure,
le sol de leur maison,
maison sans ses guenilles,
brillant comme un cocon,
la ville, elle, ruisselle,
lumières sans un cil,
elle garde dans ses fils,
relie, impitoyable,
enfonce dans son sable,
ses marécages mouvants,
ses cibles, avec des câbles,
empêche tout mouvement.
Amantes à cheveux roux,
munies de vos râteaux,
ne tendez pas le cou,
pour voir au-delà des mots,
pour voir ce qui est beau,
comprendre et regarder,
car, en ratant la marche,
vous dégringoleriez,
au pied de l'escalier,
bien loin de votre arche,
perdant les choses aimées,
espèce empirique,
contente de bien peu,
sachez garder les biques,
le chat aux yeux chassieux,
ne soyez pas curieuses,
prodigue envers ce vent,
il souffle ses vertiges,
enveloppe de ses copeaux,
enveloppe dans ses litiges,

vos têtes, en soufflant,
enveloppes d'affliction,
tristesse démesurée,
vos simples aspirations,
vous les regretteriez,
et gardez bien vos champs.
Les têtes dans les tunnels,
sans ailes et sans manteaux,
grisonnent et appellent,
ne trouvent le repos,
les têtes dans les villes,
se coupent au chalumeau,
se coupent ou se fêlent.
Ne croyez pas les pitres,
qui rient à tout propos,
et en portant la mitre,
se perdent en ces zoos,
fleurons de ces baraques,
et pâte de forains,
ils tirent de leurs sacs,
leur tour de petit train,
les choses alors se gâtent,
suivantes des caniches,
vêtues de fanfreluches,
n'allez comme des autruches,
aux danses de saint Guy,
versant toute votre cruche,
aux plumes averties,
elles vous feront des niches.
Osez dans vos jardins,
où l'herbe et les cerises,
rosissent et sont exquises,
osez propriétaires,
d'un jeune et frais matin,

ne pas chercher plus loin,
le pain d'une autre terre,
et un moins dur pétrin,
croyez et allez paître,
en troupe, votre troupeau,
au pire, vous pourrez naître,
croyez la création,
au pire vous pourrez naître,
la croix en excursion,
au fil des monts orange,
enveloppe de vos langes,
se prête à vos actions,
se prête à vos conquêtes,
et dépourvues de dettes,
amandes, qui poussez,
issues de la même branche,
aux hanches cadencées,
hachées de feuilles vertes,
phalange sans ticket,
passez la porte ouverte,
qu'un ver n'a point mangée,
dansez magistralement,
assises sur la planche,
en conduisant vos bêtes,
en brandissant le fouet,
l'oreille bien fermée,
aux conseillers méchants,
aux conseillers inquiets,
qui cherchent à tromper,
duper votre jugement,
à l'aide d'artifices,
ils font briller la pièce,
au jeu des projecteurs,
au feu de leurs prouesses,

en face des actrices,
ce sont des protecteurs,
emplis de politesse,
ce sont de vieux chasseurs,
qui pressent les promesses
ils veulent faire fureur.
Et même si elle dérange,
enveloppe, qu'on échange,
contre menue monnaie,
la croix en excursion,
qui semble un peu étrange,
conserve tous les traits,
mémoire toujours fidèle,
elle œuvre au sein des foires,
se livre aux âmes rebelles,
se livre dans sa gloire.
Amantes converties,
à qui donc iriez-vous,
hormis les rayons roux,
les grands couffins sans plis,
cueillant votre argenterie,
le bruit que font vos ris,
et vos profonds oublis,
ou bien votre courroux ?
Amandes, elles se prélassent,
elles usent de leurs grâces,
elles tombent lestement,
étalonnées au vent,
et tout en palpitant,
s'étonnent d'être données,
offertes aux prélats,
ces pas qui savent compter,
les mains vont les palper,
plus douces qu'un taffetas,

aux perles galonnées,
amandes chapardées,
ne tombent des greniers,
le glas ne sonne pas.
Amantes ressuscitées,
tout en vous remembrant,
aux quatre coins du bois,
aux feuilles répétées,
trottant adroitement,
cueillant dans la forêt,
rapides, sans trembler,
furetant dans chaque haie,
tout droit, avec la foi,
laissez votre cuirasse,
craquant de vos secrets,
la coque qui se casse,
l'accès ouvre une trace,
sans rompre le sentier.
Amantes, adorez,
la clef du sol rustique,
qui promenant ses bustes,
pareils à des musiques,
antiques ou vétustes,
s'applique à répliquer,
jamais vraiment grisés,
ils vont sans déguisement,
parements, marivaudages,
les frais et jeunes arbustes,
acquis à ces feuillages,
aux farandoles sages,
usant d'augustes joies,
ouverts sans égoïsme,
oublient leur chemin de croix,
en eux, il n'y a de schisme,

la terre se décalque,
répète ses formats,
formules, agglomérats,
et au milieu des algues,
des lames, il y en a,
mais plus aucune guerre,
réglant ses algorithmes,
rythmant tous ses méplats,
il monte la prière.
Les pans de la pensée,
les pans évaporés,
diffus en cette argile,
débiles et si touffus,
en perdent irrationnels,
défaits et déchiquetés,
leur voix désespérée,
ne sachant plus que dire,
sur quel oiseau tirer.
Amantes qui allez,
marchez sur de la cire,
soumises à ces soupirs,
amantes, adorez,
les sombres bois brouillés,
qu'ils sachent pour vous écrire,
rêver, et bégayer,
qu'ils sachent vous décrire,
aussi vous expliquer.
Dans ce passage étroit,
qui passe entre les toits,
échappe à nos doigts,
circulent comme des voix,
montées sur les talus,
venteuse délivrance,
allégrement joyeuse,

des angelots joufflus,
ces voix qui sont menues,
ces voix sans dépendance,
dépensent sans compter,
n'ignorent pas la lutte,
elles peuvent être butées,
elles bercent sans cohue,
elles portent sans nuées,
elles pensent sans une phrase,
elles pensent sans culbutes,
ne perdent pas leurs bases,
agissent sans frénésie,
ces stances dans des vases,
leur sens est désappris.
Perdues dans leurs stations,
imbues d'introspection,
d'images qu'on calibre,
les âmes stupéfaites,
se trouvent, enfin, bien bêtes,
tirées de leur prison,
elles ont bien piètre mine,
devant cet horizon,
se trouvent peu malines,
pour être alors honnêtes,
elles font confiance aux signes,
et boivent à la vigne.
Barquettes qui se glissent,
maquettes qui grossissent,
et dont l'imbroglio,
paraît tout incongru,
ou bien a du brio,
les cieux ne sont jeux de mots,
magots que l'on ratisse,
et mues d'une pelisse,

ragots et qui tapissent.
On fait entrer la terre,
dans une de nos cases,
on met de la poussière,
et en ôtant l'extase.
Assises sur la banquette,
amandes, ne comptez,
faisant vos pirouettes,
pouvoir vous préparer,
veillant les particules,
tombant comme des virgules,
au fond de vos paniers,
ou recouvrant vos pieds,
amandes, n'espérez,
savoir le préambule,
trouée du vestibule,
entrez vous reposer,
en pleine obscurité.
La brise lyriquement,
se tient en face du vent,
pour être traversée,
elle doit être introuvable,
elle doit être trouée,
tapie dans le retable,
sans occuper de place.
Amantes, adorez,
la clef du sol cuivré,
la Face est là aussi,
ouverte aux soucis,
taillée dans les taillis,
taillée dans les allées.
Les hommes ont de l'audace,
ils croient à ce qu'ils font,
ils grimpent accrochés,

de pics et de pitons,
et de crampons magiques,
jamais, ils ne se lassent,
se laissent emporter,
ou restent auprès du poêle,
toujours à ruminer,
en dégustant la moelle,
substance de leur pensée,
sans voir jamais la place,
des voies décloisonnées,
les cimes redescendent,
les sœurs ont des lacets,
mais point cet ascenseur,
elles sont toujours en sueur,
et lasses d'être à quai,
censées ne pas comprendre,
descendent, toujours à pied,
toujours, toujours plus près,
ne voient du bout du nez,
le quart de ces étoiles,
le quart de ces quartiers,
le quart de ces questions,
et sont pourtant contentes,
restant auprès du Voile,
toujours à L'appeler,
malgré les tentations,
emplies de grande paix,
ces gouttes en suspension,
demeurent sans regrets,
au pied de la passion.